Presented by Ao jyumonji / Illustration by Eiri shirai

灰《はい》と幻想《げんそう》のグリムガル

著＝十文字 青 | イラスト＝白井鋭利 | level.12――それはある島と竜を巡る伝説の始まり

海の果てから沈みかけの太陽が、
水面を照らしていた——。
「ぬわっしゃあーっ」

「しょっぱいっ」
「きゃあ！」

山あり谷あり、というか最近は山ばかりか。
本当にいろいろあるけどさ。
おれたち、生きてるよ、マナト、モグゾー。

灰と幻想のグリムガル level.12

それはある島と竜を巡る伝説の始まり

十文字 青

OVERLAP

イラスト／白井鋭利

1．穴の中で何か僕らは

「……うわっ」とハルヒロは錐状短剣《スティレット》を逆手に握った右手で顔を庇《かば》う。何か小さな生き物の大群が飛んできた。蝙蝠《こうもり》か。違う。虫だろうか。ハルヒロの前でランプを持っているクザクがわめく。「ちょっうおおおおおおおぉぉぉぉぉややややややばくね、これ!?」

明かりが激しく揺れる。絶え間なく小さな生き物がランプにぶつかる音がする。

「ふおおぉぉぉ何なん!?」とユメが後ろで叫ぶ。シホルは「た、食べられない……!?」と、何通りかの解釈ができそうなことを言っている。即座に「これは食べられない！」と応じたメリイは、この小さな生き物が食用に適するか否かというほうの解釈を採用したらしい。すかさずセトラが「知っているのか!?」と訊《き》いた。メリイは答えなかった。返事をする余裕なんかなかったのだろう。ハルヒロはそう解釈することにした。灰色ニャアのキイチがぎゃあああおおおぅとなかなか恐ろしげな鳴き声を発している。

「だ、大丈夫だ、大丈夫、きっと、……たぶん」

ハルヒロは体勢を低くして不確実性の権化みたいな気休めを口にしながら、小さな生き物の正体を見きわめようとした。洞窟、いや、正確には洞窟ではなく人工的な穴なのだが、その奥のほうに住みついていて、ハルヒロたちが入りこんだらびっくりして出てきたらしいし、やっぱり小型の蝙蝠っぽいんだけど。でもなんだか、ゴキブリとかそっち系っぽく

もある。いずれにせよ、なんとなくではあるのだが、そこまで危険な感じはしない。好むと好まざるとにかかわらず、無駄に修羅場をくぐってきたせいか、そのへんのヤバさはだいたいすぐにぴんとくる体になってしまった。これはきっと大丈夫だ。……おそらく。

体感時間で四十五秒間くらい、そのままじっとしていた。小さな生き物の大群はおおかた飛び去ったようだ。あくまでおおかたであって、ぜんぶではない。まだ一匹、二匹と、羽をばたばたさせて飛んでくる。

「カブトムシとムササビの中間みたいな……」とクザクが呟《つぶや》いた。

なるほど。物は言い様だ。カブトムシとムササビの中間のほうが、蝙蝠とゴキブリの中間よりも印象がいい。クザクはどちらかというと、物事の良い面を見ようとする。ハルヒロとは正反対だ。これぱっかりは性向なので、変えたくてもそう簡単には変わらない。

「もう平気みたいだし、進もう」

「そっすね」

「あっ」とユメが声を上げた。「いきものがなあ、シホルの背中にひっついてるなあ」

「ひぇっう……!?　う、嘘《うそ》っ、と、と、とって、お願い……」

「騒ぐな、そのくらいのことで」

セトラは「ほら」とシホルの背中にしがみついていた例の生き物を剝ぎとって投げ捨て、踏みつけた。それを見て、ユメが「……うにょおっ」と両手で頰を押さえる。

「踏まなくてもなあ。逃がしてやってもよかったのになあ……」

「おまえの脚にもくっついているぞ、狩人《かりゅうど》」

「きゃうぉ。んにゃっ、ちょあぁっ」

「……思いっきり踏みにじったな、今。逃がしてやるんじゃなかったのか」

「ぬぅ。だってなあ、あのいきもの、ユメのこと、かじろうとしてたしなあ？」

「血を吸うから、気をつけて」

メリイがぽつりと言った。

「……そんなに大量には吸わないと思うけど。もし何か病気を持ってたら、うつらないとも限らないから」

みんな黙りこくった。

うん。まあ、ね？

その情報はけっこう、それなりに重要性が高いような気もするし、できることなら早めに共有して欲しかったかな？　ただ、メリイがなぜそんなことを知っているのか、という疑問にどうしてもぶちあたらざるをえず、訊きたいが訊きづらくて、訊けない。そういうことがたまにある。その結果、気まずくなると、あの馬鹿みたいに言いづらいことでもずけずけと言ってしまえるメンタリティーの持ち主が一人でもいればと、ハルヒロは思ったり、思わなかったりする。

「行かないのか」と、この中ではあまり空気を読まないほうだと思われるセトラがうながしてくれて、助かった。ハルヒロたちは奥へと進んだ。

穴の幅は二メートルほどで、高さも二メートル少々といったところだろう。背の高いクザクは中腰になっている。ちなみに入口付近はもっと、ずっと狭くて低かった。両側の壁や床は苔生《こけむ》し、キノコのような羊歯《しだ》のような謎の植物が生えていたり、生き物の糞《ふん》らしきものが積もっていたりするが、ほぼほぼ平らだ。この穴はまっすぐではなく、下ったり、曲がったりしている。

「……なんかあるな」

クザクが足を止め、右側の壁を手で叩《たた》いた。ランプを近づける。扉らしきものがあるようだ。ハルヒロは進みでて調べた。やはり扉だ。木ではない。金属でもない。石の扉だ。把手《とって》や鍵穴まで石でつくられている。これでも盗賊の端くれだ。めずらしいタイプの扉だということくらいはわかる。飾り気は一切ないが、表面が滑らかで、丁寧な仕上げだ。

「すごいな、ドワーフ……」

ハルヒロは盗賊道具を出して鍵開け《ピッキング》にとりかかった。錠の内部を慎重に探り、構造を理解する。解錠しようとしたら発動する罠《わな》が仕掛けられていることもなくはないので、要注意だ。そもそも、錠が鉄か何かだったら、錆《さ》びてどうにもならなかったかもしれない。いくらか時間がかかったが、どうにか解錠できた。

「鍵はもう掛かってないけど、開けるの大変そう。石製で、かなり重いから」

「俺、やるわ。ハルヒロ、下がってて」

クザクが石の扉を力ずくで開けると、セトラが「馬鹿力め……」と呟いた。

「このガタイなんで。取り柄でしょ」とクザクは笑ってみせる。

扉の向こうには四メートル四方ほどの部屋があった。棚が設《しつら》えられ、隅に大きな箱が二つ置いてある。それらも石製だ。棚に並べられた武具類はひどく錆びていて、少なくともそのままでは使い物にならないだろう。問題は、幅と高さが一メートル近く、奥行きも八十センチほどある大きな箱の中身だ。ハルヒロは二つの箱を丹念に調べた。

「……鍵は見あたらないし、蓋を開けたら、みたいな仕掛けはない、……と思うんだけど、正直そんなに自信はないかな。たぶん、おれの力じゃ蓋を持ち上げられない。ドワーフなら、余裕でいけるんだろうけど」

「俺の出番っすね」

クザクはランプをユメに渡して箱の蓋に手をかけようとする。ハルヒロは慌てて止めた。

「いやだから、安全かどうかわかんないんだってば」

「仕掛けはないっぽいんすよね。ハルヒロの見立てでは」

「……あくまで、おれの見立てでは、だよ。仮に仕掛けがなくても、中に変なものが入ってたりするかもしれないし」

「ハルヒロ的にはどうっすか。勘っていうか」

「うーん。果たして、おれの勘があてになるのかっていう、ね……」

「俺は信じるけど。ハルヒロがいけるって思うなら、俺はいけちゃうし。やめとけって言うなら、やめとくし。それで、あーあ、みたいなことになっても、悔いはないしね」

ユメがうんうん頷《うなず》いて、「愛やなあ」とくだらないことを言うものだから、シホルがブフッと噴きだし、咳《せ》きこんで、メリイはなぜか咳払《せきばら》いをした。

セトラが「愛？」と首をひねった。その足許《あしもと》で、灰色ニャアのキイチも愛らしく首を傾《かし》げている。

「聖騎士、おまえはいわゆる男色家というやつなのか？」

「いや、ハルヒロのことは好きだけど、そういうんじゃないかな。何だろ。ようするに、信頼だよね」

「……よくもそんな言葉を臆面もなく口にできるものだな」

「え？　恥ずかしいかな？　あー。かなぁ？　だんだん恥ずかしくなってきたかも。けど、本音なんすよねえ。嘘とかはつきたくないっつか、あんまつけねーし。まいったな」

ハルヒロのほうこそ恥ずかしくなってくるのでやめて欲しいし、「あーくっそ、マジこれ恥ずいわ、もういいや、開けちゃえ」というノリで石の箱の蓋をエイッと開けるなんていうことは、もっとやめてもらいたい。

「あっ、クザク、ちょっ」

「わ、ごめんハルヒロ、でも、なんともない感じ……？」

箱の中には、短めの刀剣が数本、盾、兜《かぶと》、それから装飾品のたぐいが若干数、収められていた。どれもまるで新品だ。見た限りでは品質もいい。ドワーフの職人が精魂込めてつくったものなのだろう。

盾と兜はクザクが使えそうだ。刀剣の内訳は、幅広で重みのある短剣とショートソードが一本ずつ、ダガーが二本、剣身が炎のように波打っている奇妙な短剣も一本ある。装飾品は、女性陣が身につけたければ身につけてもいいし、あとで売り払ってもいい。どこで売るの、誰が買ってくれるの、という話はこの際、忘れよう。つらくなるだけだ。

セトラがショートソードとダガーを一本持ち、ハルヒロはもう一本のダガーと剣身が炎的な短剣を帯びることにした。利き手に馴染《なじ》みきっている錐状短剣《スティレット》も、左手用の護拳付きナイフも、じつはちょっと研いだくらいではどうにもならないほど傷んでいる。惜しいが、身軽さを重視して捨ててゆくことにした。剣身が炎みたいになっている短剣は便宜上、炎の短剣と名づけた。幅広で重い短剣は、クザクに予備の武器として携帯させればいい。

他にも、槍《やり》の穂先、斧頭《ふとう》なども箱に入っていた。柄をつければ槍や斧《おの》として使えるだろうが、かさばるので置いてゆくしかない。

「二毛作やなあ。ぷっくぷくやんかあ」

「うん、二毛作っていうか豊作っていうか、大漁かな？　あと、ぷっくぷくじゃなくて、ほくほくね……」

ハルヒロはある種の義務感のようなものに駆られてユメの発言を訂正しつつ、二つ目の箱を開けようとしているクザクを横目で見て、「えっ……」と絶句した。

「え？」

クザクは箱の蓋を開け、ハルヒロに顔を向けた。

「どうかした？　あっ……」

「だからおまえさ、ノリっていうか勢いっていうか流れみたいなので開けるなって……」

「何か――」と、メリイが天井を見上げた。

音だ。

低い音がする。

「ここから出ろ、早く！」

ハルヒロが叫ぶなり、ユメがシホルを半ば引きずって部屋から飛びだした。メリイとセトラ、キイチが続く。ハルヒロはクザクの背中をぶっ叩いた。

「ほら、急げ！」

「ハルヒロ、俺のことはいいから、先に行って！」

「あのさ、譲り合いとか、いいから、そういうのは、おっ、やばっ……」

音が大きくなった。部屋全体が小刻みに震えている。天井だ。天井が落ちてこようとしている。そういう系のソレでしたか。

「ううううわあああああ」

ハルヒロとクザクはもつれあうようにして部屋から転がり出た。その直後だった。部屋の天井が一気に落下した。

「あっぶねっ、潰されるとこだったたっ」

「クザク、おまえが不用意に箱を開けるからだろ、気がゆるんでるからそうやって……」

「なあなあハルくん、なんかなあ、まだ変ってゆうかなあ。ごごごごってなあ」

「ええ!?　ごごごごって──」

ハルヒロは思わず、ほんまや、と言いそうになった。ほんまやとは何やねん。何やねんとは何なのか。

「奥……？」とメリイが眉をひそめた。そう。この洞窟、ではなくてドワーフが掘削したか、天然の洞穴に手を加えるかしたとおぼしきドワーフ穴には、まだ奥がある。さっきの部屋以外にもたぶん部屋があって、そこにはさらなるお宝が眠っているかもしれない。ところがその奥のほうから、まさしくユメが言ったとおり、ごごごごご……というような不吉な音が聞こえてくる。絶対、何か来るわ。来ちゃう感じのやつだわ、これ。

「逃げろ！」

さらなるお宝は断腸の思いであきらめるしかない。ハルヒロは仲間たちを先に行かせて、自分は最後まで残った。クザクが「ハルヒロも！」とかなんとか言っているが、いいからおまえは走れって。他人の心配してる場合じゃないから。全力疾走しろって。ああ、やっぱり奥だなあ。奥から来るなあ。こう、何だろう、岩のかたまり？　たぶんでかい岩ボール的なものが転がってきちゃう、どこかで見たような、見たこともないような、とにかくアレだ、逃げないと轢《ひ》かれて死んじゃうタイプのヤツだ。

もちろんハルヒロも、列の最後尾について走った。でかい岩ボール的な物体はどこまで迫っているのか。そもとも、本当にでかい岩ボール的な物体なのか。もっと別の何かだったりするのか。振り返っても、真っ暗なのでまったく見えない。音は徐々に近づいてきているような気もする。焦るね、これは。焦らないと言ったら嘘《うそ》になるね。もっとも、じつを言うとハルヒロはまだ少し余裕がある。でも、これ以上は速度を上げられない。前にシホルがいるし。まさか追い越すわけにはいかないし。どうしよう。困った。

2．炎は戸惑いに揺れ

現在、辺境と呼ばれているこの地には、かつてアラバキアやナナンカ、イシュマルといった人間族の王国があった。エルフやドワーフ、ノームたちは人間族と友好的な関係を築いてそれぞれ栄えていたが、オーク、コボルド、ゴブリンらは排斥されたり、迫害されたり、疎んじられたり、徹底的に蔑まれたりしていた。

とりわけオークは、体格や身体的な能力だけでなく、知性の面でも決して人間族に劣ってはいなかった。ただ、人間族はオークより先に国家を形成し、肥沃な土地に版図を広げた。人間族によってネヒの砂漠や灰降《はいふ》り台地《だいち》、黴《かび》の原《はら》などの不毛の地に追いやられたオークたちは、血縁を基礎とした部族単位で団結しても、生き抜くだけで精一杯だった。

百五十年くらい前、不死の王《ノーライフキング》を名乗る者が現れ、すべてが一変した。彼は不死族《アンデッド》を生みだし、またたく間に勢力を伸ばして、人間族の王国を圧迫した。さらに、オークら諸種族に結束をうながし、王を立てさせた。

人間族はオークすらも野蛮な獣に近い種族と見なして侮っていた。ところが、王を戴《いただ》くと、彼らはたちまちのうちに国家の体裁を整え、武器を手にとって人間族の領土を侵すようになった。不死の王《ノーライフキング》はオーク、コボルド、ゴブリン、そしてエルフから離反した灰色エルフの王と盟約を結び、諸王連合を成立させ、人間族の王国に堂々と宣戦布告した。

人間族のイシュマル王国、ナナンカ王国は滅ぼされ、アラバキア王国の王は天竜山脈の南へと落ち延びた。エルフやドワーフ、ノームも、血で血を洗う戦乱に巻きこまれた。エルフは影森という天然の要害に拠《よ》って、主に自衛のために戦ったが、ドワーフたちは人間族より勇猛果敢に大剣や斧を振るって奮闘したという。名にし負うドワーフの鉄斧兵団《てつおのへいだん》は、ボード野《や》で圧倒的多数の諸王連合軍を迎え撃ち、一歩も退《ひ》かずに力戦するも、壊滅の憂き目に遭った。影森のエルフは鉄斧兵団に援軍を送るはずだったが、諸王連合軍の別働隊に阻まれて約束を果たせなかった。

ともあれ、熾烈《しれつ》な戦いのさなか、ドワーフたちはあちこちに壕《ごう》を掘り、そこに武器や防具、生活用品、食糧等々を備蓄した。こうした壕はドワーフ穴と呼ばれ、敗残ドワーフ兵の避難所でもあり、反撃のための基地にもなったらしい。

海を目指して東へと向かう旅の途中、ハルヒロたちは偶然、そんなドワーフ穴の一つを発見した。そこで百年以上前にドワーフたちがしまいこんだドワーフ宝《だから》をいくつか入手することはできたのだが、まんまとドワーフ罠《わな》に引っかかってしまった。甘くない。

「……マジですいませんっしたっ」

クザクが土下座している。ハルヒロは焚《た》き火《び》に枝をくべながら、そんな土下座じゃ伝説の土下座マスターにはまだまだ及ばないなあと思う。一生及ばないほうがいいか。あの伝説の土下座マスターはどこかで元気にやっているのだろうか。まあ、生きていようと死ん

でいようと、知ったことじゃないんだけど。それにしても、火ってなんかいいよね。標高はやや高いものの、夏なのでぜんぜん寒くはないのだが、火はいい。安らぐ。

「まああなあ……」

ユメは近くの木に登り、枝にまたがって優雅に脚をぶらぶらさせつつ、あたりの様子をうかがっている。のんびりとくつろいでいるかのようでいて、一応、見張りを買って出てくれているみたいだ。

「さいわい被害は大きくなかったしなあ。誰もなあ、怪我《けが》もしなかったから、よかったなあって、ユメは思うねやんかあ」

クザクが「……いやぁ」と、ちょっと顔を上げた。

「それは結果論だし。やっぱ反省しなきゃって俺は思うんすよね。きっちり、そこは」

「テンションが、若干、変だった……？」

メリイと身を寄せあって焚き火に当たっているシホルが上目遣いで問いかけると、クザクはまた頭《こうべ》を垂れて「うーん……」と考えこんだ。ややあって、また顔を上げた。

「かなぁ？　やばい、ドワーフ穴、なんかすげー武器とかあったりするんじゃねーのみたいな。久々に冒険っぽいっていうかさ。わくわくしてたかも……」

「餓鬼か」と、焚き火にかけた鍋の具合を確かめながら、セトラが吐き捨てる。

「……餓鬼っす。すいません」

「体は人一倍大きいのにな」

「……そうっすよねぇ。いやぁ。言葉もないっす」

「だいたい聖騎士、おまえのその、なんとかっす、という言い様《ざま》は何なんだ」

「あぁ、ぼんやり敬語的な？　そういう感じなんだけど」

「まるで敬意が伝わってこないな。小馬鹿にされているようにさえ感じるぞ」

「それは誤解っすよ。おっと、また使っちゃった。癖になってんのかなぁ……」

クザクはいつの間にか土下座状態を解除し、正座して後ろ頭を掻《か》いている。

ぱちぱち音を立てて燃える炎を見つめ、メリイは何を考えているのだろう。ただぼうっとしているだけなのかもしれないのに、何かいろいろなことがメリイの胸中を駆け巡っているのではないかと、つい想像してしまう。こういうのは、どうもよくない。勝手に想像していないで、実際どうなの、と本人に訊《き》けばいいのだ。メリイは目の前にいるのだから。

それはたしかに、そうなんだけど。

「ハルヒロくん……？」

シホルに呼びかけられて、ハルヒロは我に返った。

「あ、うん。何？」

「……クザクくんが謝ってるのを、無視するのは、どうかな……って」

苦言を呈されてしまった。ハルヒロは目を伏せ、「えっと……」と指で鼻をこすった。

「そんな、無視とかしたつもりはないんだけど……」

「俺は気にしてないっすよ？　ハルヒロはそういうこと、わりとあったりするし」

「え、おれ、無視する？」

「あぁ、怒ってんだなぁ、まずい、反省しなきゃって、俺は思うようにしてるけど」

「そっか。やってるんだ。……意識してなかったな。ごめん。無視はよくないよな。言われないと、意外とわかんないもんだね。ありがと、シホル。気をつけるよ」

「……あたしこそ。出しゃばりだったかも」

「そんなことないって。何でも言ってくれたほうがありがたいよ。ていうか、……クザク、なんでにやにやしてるわけ？」

「にやにや？　俺、してっかな？　まぁ、あれっすね、ほんっとハルヒロがリーダーでよかったなぁって」

「ナチュラルに気持ち悪いんだけど、そういうの……」

「うっそ、気持ち悪かった？　やっべ。俺、思ったこと、まんま言っちゃうからなぁ」

「たいした忠犬ぶりだな」

　セトラは、ふん、と鼻を鳴らし、鍋を焚き火から離した。焚き火の周りに刺して並べてある串焼きも、こんがり焼けている。セトラは一本抜き、肉をひとかけら、口に入れた。咀嚼《そしゃく》して、うなずく。

「飯にしよう。おい狩人《かりゅうど》、おまえも下りてこい。キイチが見回っているから平気だ」

みんなで焚き火を囲んで、セトラが調理したカタツムリとキノコの汁物と鹿肉の串焼きを味わった。カタツムリや鹿肉、数種の野草、様々なキノコといった食材は、ユメとセトラ、キイチが調達したものだ。野草で香りづけされた串焼きは、噛《か》むと肉汁があふれ、シンプルにうまい。汁物には鹿の内臓も入っていて、濃厚な出汁《だし》が出ている。それでいて、微《かす》かにヨモギのような癖があるミント的な清涼感が野草で加味されているせいか、後口はさっぱりめだ。意表を突かれる傾向の味ではあるのだが、一口目より二口目、二口目よりも三口目が美味で、じつはめちゃくちゃおいしいんじゃないの感がじわじわ来る。

「セトラん、お料理、じょうずやんなあ?」

地味に早食い一等賞のユメが、ぜんぶ平らげて腹をさすりながら言った。

「そうか?」と、セトラはべつだん嬉《うれ》しそうでもない。「まずいものを食わされるくらいなら、何も食べないほうがましだとは思っているがな。こんなもの、食あたりしないように処理して、あとは味がよくなるように調整すればいいだけだろう」

「それ、言うほど簡単じゃないと思うんだけど……」

メリイが呟《つぶや》くと、ユメは「なあ?」と同意する。

「ユメがおいしくなあれ、おいしくなあれって思ってやってもなあ、なんか変なふうになってしまうこととか、わりとあるやんかあ」

「わからんな」セトラは首を傾《かし》げた。「物の味は決まっている。それをどの分量でどう混ぜて、焼いたり煮たりしたら味がどうなるかについても、不確定な要素は一つとしてない。ちなみに、おいしくなれと思う、……願うということか？　そうすることに、何か意味があるのか？」

「えとなあ、おいしくなあれって思いながらやったほうが、まっずーくなあれって思いながらやるよりも、おいしくなりそうな気がするやんかあ。おんなじことするのでもなあ」

「同じことしかやらんのなら、何を思おうが結果は一緒だ。無意味なことを考えるより、作業に集中したほうがいい」

「……んー。それはなあ、そうなのかもしれんけどなあ……」

「なんか、ようはセトラサンってさ」と、クザクが助け船を出した。「センスがあるんだろうね。生まれつき、味覚がすぐれてんじゃない？」

「私は学習しただけだ。味は一つ一つ確かめて覚えた。食材の組み合わせもそうだ。生まれつき備わっているものには、たいした差などない」

おっと、これは微妙に話が噛みあってないんじゃないかなと、ハルヒロは思わずにいられなかった。だいたい、セトラは死霊術師《ネクロマンサー》の家系であるシュロ家に生まれ、実際、人造人間をつくったりもしているのに、卓越したニャア使いでもある。このとおり、料理もうまい。というより、料理に限らない。

「セトラ、武器もわりと使えるよね……」

「自分の身くらいは自分で守れんとな」と、事もなげにセトラは言う。「剣だの槍《やり》だの弓矢だのは一通り扱える。ニャアは隠密衆《おんみつ》が飼うものだから、隠密の技も多少学んだ」

「何でもできるんじゃん……」

クザクが口をぽかんと開けると、セトラは不愉快そうに眉をひそめた。

「できると胸を張って言えるほど習得してはいない。ただ、里の凡愚な武士や隠密に遅れをとることはないだろう。せいぜいその程度だ」

「……充分、すごい、……ような……」

シホルの顔が引きつっている。

「要領がいいってことかな。うん。なんとなく、そういうことなんじゃないかと……」

ハルヒロとしてはふわっとまとめて話を終わらせようとしたのだが、セトラは「そんなふうに言われたことはないし、私もそうは思わない」と、なぜか不満そうだ。

「未知の技術ならともかく、先人がいるならその行いをよく観察すれば、要諦はおのずと知れる。要諦を押さえた上で鍛錬を積めば、誰でも一定の水準には達するものだ」

「やぁ、でもさ?」と、クザクが果敢に疑問を呈した。「向き不向きとかも、やっぱりあるしね？　いっくら練習しても上達しないことだって、中にはあったりするわけじゃん」

「できるようになるまで、ひたすら訓練すればいい」

「セトラサンは、何でもそうやって努力、努力で身につけたんすか？」

「むろんだ。物事はやったぶんしか返ってこない。それが鉄則だ」

「……剣とかも？」

「当然、一時期は寝る間も惜しんで剣を振りつづけた。最低限それくらいしなければ、剣の柄《つか》が手に馴染《なじ》まんだろう？」

「……そんなもんっすかね」

「楽をして身につけるより、楽をせずに身につけるほうが、えてして易しいものだ」

「……あぁ。まぁねぇ。それはねぇ。言われたら、そうかもしれないっすね……」

クザクはぐうの音も出なくて、半分涙目になっている。

おそらく、セトラの言うことは正しいのだろう。突拍子もない話はしていない。それどころか、常識的だ。ただ努力すればいい、というのではなく、ちゃんとコツをつかんで、無駄にならない努力をするべし、とセトラは語っている。

ハルヒロも反論できない。ただ、そういうのって、やりたくてもできなかったりするんだよ、我々凡人は。何でもやると決めたとおりやり抜けたら、誰だってスーパーヒーローになれるんじゃない？　弱かったり、脆《もろ》かったり、怠け癖があったりして、やりたくてもできない。たまには、うおーもうやだー何にもやりたくねーみたいな気分になったりもする。人ってわりかしそういうものなんです、と説明したところで、セトラから返ってくる

言葉はきっと、「いいからやれ」の一言だろう。はい。そのとおりです。やらなきゃ何も始まらないわけだし、行きつくところはやるしかないんだけどね？

「勘違いするな」

セトラは膝を抱えてぷいっと横を向いた。

「私は私の言い分が正しいと思っている。でも、正しいからといって、受け容《い》れられるわけじゃない。それは身にしみてわかっているんだ。かといって、自説を曲げることはできない。自分の気持ちを偽れば、私は私でなくなってしまうし……」

ハルヒロは息をのんだ。ユメもシホルも、メリイとクザクも、それぞれ驚いている。え、え、え？　いきなり？　なんで？　セトラ、どうして泣いちゃってるの……？

ハルヒロはクザクと顔を見あわせた。どういうこと？　わからない。どうすればいいと思う？　わからない。——といった無言のやりとりが一瞬のうちに交わされた。おれたち、とくにこういうときって、無能だよね。それが結局、二人がえた共通認識だった。

「ええと、んーとなあ、セトラん……」

ユメがセトラの隣に腰を下ろし、こわごわとその背中にふれた。

こんなときは、ユメだよね。

ハルヒロはいくぶんほっとしながら、セトラにもいろんなことがあったのかなと考えてみた。それはあったに決まっている。何しろ、里でのセトラはシュロ家の面汚し、鼻つま

み者という扱いで、外れのほうにニャアたちと一緒に住んでいた。思いだしただけで泣きたくなるようなことの一つや二つ、ないわけがない。

ハルヒロたちと違って、セトラには故郷がある。しかし、里は彼女の故郷ではあっても、帰るべき場所ではないのかもしれない。人造人間のエンバは大切な友に近い存在だったようだが、彼女は彼を失った。あれだけたくさん飼っていたニャアも、今はキイチだけだ。

大丈夫だよ、おれたちがいるじゃないか、仲間だし、きみは一人じゃないよ、と言ってあげられればいいのだが、セトラとハルヒロとの関係は若干複雑だ。いや、ハルヒロが複雑だと思っているだけなのか？　意外とそうでもなかったりして？　どうなんだろう、そのあたりは？

——おまえはその女に惚《ほ》れているんだな。

あのとき、セトラにそう訊かれて、ハルヒロは何と答えたのだったか。嘘《うそ》はつけない、と思ったことは覚えている。たしか、明言はしなかった。一方的に好意のようなものを抱いている、みたいなことを言い終える前に、セトラは手でハルヒロの口をふさいだ。それ以上は聞きたくない、言わないでくれ、というふうに。

ハルヒロはメリイを見た。メリイはまた焚《た》き火《び》の炎を凝視している。表情らしい表情は浮かべていない。

不意にメリイが炎に向かって右手をのばした。ハルヒロは泡を食った。

彼女はびくりとするでもなく、おもむろに右手を止めた。それから自分の指先に目をやって、左手で右手を握った。そのあとで、彼女はハルヒロに顔を向けた。

「何？」

「や、何って、今……」

ハルヒロは返答に窮した。どうしちゃったんだよ。ちょっとおかしいよ、メリイ。悩みとか、不安に思ってることとか、あるならさ。話してよ。聞くし。むしろ、聞きたいし。

なぜ素直にそう言えないのか。

──死んだ者は、蘇《よみがえ》らないぞ。

セトラの言葉が頭から離れない。ジェシー。あの奇妙な男が言っていた。

──これは普通じゃない。人が生き返ったりはしないっていうのが常識だし、実際そのとおりだ。

そう。あれは特殊な事情がある特別な出来事だった。でも、ジェシーはこうも言っていた。生き返って自分の中の何かが劇的に変わったということはない、と。少しは変わるのかもしれない。でも、それは劇的な変化ではない。おそらく、メリイはまだ、そのちょっとした変化に慣れていないのだ。だから、違和感のようなものがあって、戸惑っているのかもしれない。過渡期というやつだろう。

「メ、メリイ？」

なんでもない、とごまかそうとしたら、宵闇の向こうからキイチが駆けてきた。セトラがユメを押しのけて立ち上がった。キイチがセトラにまとわりついて、きゃあきゃあ、という感じの細く高い声で鳴いた。

「……キイチが何か見つけたらしい。どうやら、ここから離れたほうがよさそうだな」

「クザク、火を消して」

ハルヒロが指示を出すと、クザクは「うっす！」と返事をするなり焚き火を踏みつけはじめた。各自、荷物を持つ。出立の用意はあっという間にできた。

「朝までの間に、少しくらいは、眠れるといいけど……」

シホルがため息交じりにぼやいているが、苦笑いを浮かべているところを見ると、半分冗談なのだろう。体力面で劣る魔法使いのシホルでさえ、これくらいでへこむほどやわじゃない。セトラはともかく、凡人ぞろいのパーティだが、何の因果か平凡とは言いがたい義勇兵生活を送ってきた。おかげで、そこそこ鍛えられてはいる。

山あり谷あり、というか、最近は山ばかりか。本当にいろいろあるけどさ。おれたち、生きてるよ、マナト、モグゾー。

こうやって今は亡き仲間たちに胸中で呼びかけられるのも、生きているからこそだ。

3．夜の魔物

……キイチが見つけた何かとは、これのことか。

ハルヒロは木陰で息を殺してドワーフ穴産ダガーの握りを確かめた。このダガー、本当に百年前のものなのだろうか。にわかには信じられない。ドワーフの職人はすばらしく腕がいいという話はよく耳にする。評判倒れではないようだ。剣身や柄に細かい装飾が施されている以外、見た目は普通のダガーなのだが、持ってみると違いがわかる。バランスがいいのだ。明らかに扱いやすい。刃も少し研いだだけでぬめるような地肌が現れた。炎の短剣と名づけたほうも、形状こそ独特だが、その形にも何か秘密があるようで、振った感じがしっくりくるし、やたらと斬れる。

いい武器が手に収まっていると、心強い。体の中心にすっと見えない柱が立っているかのようだ。もし危なくなったら、多少のことでは揺らがないその柱に寄りかかればいい。

ざざ、ざ……。

ざ、ざざ、ざざざ、ざ……。

重いものを引きずっているような音がする。

かたかた……、かたかた、かたかた……、かたかたかた、かたかたかた……。

硬いもの同士が触れあう音も、微《かす》かに聞こえる。

仲間たちはすでに付近の尾根に退避している。ハルヒロは一人で様子を見にきた。とはいえ、そこまで接近する度胸はないし、その必要もない。ハルヒロも尾根から下りきったわけではなく、彼らはここから十メートルほど下の谷間を移動している。

雲が流れ、月明かりが射《さ》した。

彼らの姿が見えた。

人間か、人間に似た種族のようだ。おおかたは武装している。その歩みはお世辞にも速いとは言えない。疲れ果てているみたいにゆっくりだったり、変にぎこちなかったりする。一方の肩が不自然に下がっていたり、全身が傾いていたりする者もいて、戦いで傷ついた敗残兵が列をなしているかのようでもある。

死人の行列《デッドマンズパレード》、と呼ばれたりするらしい。

彼らは死人《しびと》だ。一人として生きてはいない。動く死体たちなのだ。彼らをあえて分類するなら、腐敗していても肉が残っている者はゾンビ、骨だけに成り果てた者はスケルトン、ということになるだろう。

スケルトンにせよ、ゾンビにせよ、普通に考えれば彼らの神経やら筋肉やらが十全に機能しているとは思えないから、動くわけがない。動けないはずだ。不死の王《ノーライフキング》の呪いがそれを可能にしているというが、具体的に、いったい何が、どんな仕組みで彼らを動かしているのか。あるいは、操っているのか。

彼らにもう少し近づいてみたくなった。

いや、違う。ハルヒロには試したいことがあったのだ。

呼吸を、深く、深く、深くする。

基本の技法は三つ。

一つ、自己の存在を消す、潜。──ハイド。

二つ、存在を消したまま移動する、浮。──スウィング。

三つ、感覚を総動員して他者の存在を察知する、読。──センス。

イメージとしては、こうだ。地面の下まで音もなく沈む。潜りこむと、そこは土中というよりも海の中のようだ。自在に移動できる。そして、目や耳だけ地表に出し、地上の事物を見て、聞いて、感じとる。

隠形《ステルス》。

すっと入ってしまえた。

以前なら。

だめだ。

いいところまではゆける。もう少しだ。ここを抜けたら、入れる。それなのに、何かがハルヒロをさまたげている。当然、隠形《ステルス》はそう簡単ではない。でも、できた。一時期は瞬時にオンとオフを切り替えることすら可能だった。

ハルヒロの頭の中には、完全に入った感じがしっかりと刻みこまれている。視野が一気に広がって、見えなかったものが見え、聞こえなかった音が聞こえて、遠くのものにふれて感じることさえできる。見えすぎ、聞こえすぎて、意識が肉体から離れ、自分自身と周囲一帯を斜め上から俯瞰《ふかん》しているような錯覚を起こす。捨てたもんじゃないな、と思える。自分みたいに凡庸な人間でも、しつこくがんばれば、こんなこともできちゃったりするんだな。人の可能性ってすごいよね。

今はそこまで行けない。あと一歩、いや、半歩くらいかもしれないが、その差がでかい。入れるか入れないかは大きな、あまりにも大きすぎる違いだ。うまく隠形《ステルス》に入ると、殺気をみなぎらせて自分を捜している敵にも、背後から忍び寄れる。しくじりそうな気がしない。相手が振り返りそうになったら、手にとるようにわかるからだ。

ハルヒロはしゃがみこんだ。

「……スランプってやつ？」

いつからだろう。何かきっかけがあったのか。あった。——かもしれない。グォレラたちに追われて、牢屋《ろうや》みたいな建物に逃げこんだ。それでも押し寄せるグォレラたちを、なんとかしないといけない。リーダーだ。リーダー格のグォラレをしとめるしかない。そのために、ハルヒロは隠形《ステルス》に入ろうとしたが、おそらく疲労困憊《ひろうこんぱい》していたせいで、うまく入れなかった。それで、メリイが。

ハルヒロは息を吸いこみながら跳ねるように立ち上がった。ダガーを構える。心臓が止まるかと思った。

メリイが目を見開いて、立ちすくんでいる。ハルヒロから三メートルも離れていない。ずいぶんびっくりしているみたいだが、それはハルヒロも一緒だ。というか、ハルヒロのほうがずっと驚いている。

「なっ……」

いやいや。大きな声で会話するわけにはいかない。ここから下ったところにある谷間には、ゾンビやスケルトンがうじゃうじゃいるのだ。

ハルヒロは足音を立てないように用心しつつ、メリイに近づいた。

「……なんでここに？」

小声で尋ねると、メリイはうつむいて少し考えこんでから、囁《ささや》くような声で「気になって」と答えた。

「ハルの様子が、少し変だったから」

「え？　そう？　そんなこと、ないと思うけど」

「わたしの気のせいかも。ごめんなさい」

「や、謝らなくても。……一人で来たの？」

「大丈夫だから」

ハルヒロは「……そっか」と曖昧にうなずいた。メリイが歩きだす。すぐに立ち止まった。そこからだと谷間を見下ろせる。

「死人たち……」

「うん」

ハルヒロはメリイの隣でダガーを鞘《さや》に収めようとしてやめ、握りなおした。やっぱり、鞘にしまった。

「不死の王《ノーライフキング》の呪いらしいけど」

「ハルはそう思う？」

「……どうなんだろ。いや、呪いだって、言われてるからさ」

「わたし」

メリイは唇を噛《か》みしめた。顎が震えている。痛いよ。唇、切れちゃうって。声をかけたい。でも、なぜかできない。メリイは食い入るように死人たちを見つめている。ふとハルヒロは思った。メリイはハルヒロのことが気になったのではなく、死人たちをその目で確認したかったのではないか。だけど、何のために？

「……わたし、おかしいでしょう。みんなに気を遣わせてる。わかってるの」

「気は、遣うよ。そりゃ。……仲間、なんだから。どうでもよくないってことで」

「たぶん、しっくりきてないだけなの。わたしは、わたしなのに」

「おれはさ、……おれたちは、何も変わらないよ」

「それもわかってる」

メリイはまだ死人たちに目をやっている。ハルヒロのほうを見ずに、ほんの少しだけ顔を笑わせた。

「シホルもユメも、わたしに肩を寄せてくれる。クザクだって、わたしを避《さ》けたりしない。もちろん、ハルも。セトラもいい人だと思う。灰色のニャアはかわいいし。嘘《うそ》みたい。眠るのが、少し怖いの。月並みだけど、ぜんぶ夢だったらどうしようって。夢だとしたら、何が本当で、何が夢なのか、いっそはっきりさせたい。でも、怖いの。知りたくない」

「メリイ」

「わたしは逃げてるのかもしれない。逃げちゃいけないって、思う。わたし、おかしいの。わたしはきっと、変わってしまったの。だけど、そう思いたくない。わたしがおかしかったら、おかしいって言って欲しい。言われるのは怖いけど、言われないのも怖いから」

「あのさ、メリイ……」

「わたしを止めて欲しい。わたしはここにいるはずなのに、違うところにいるみたい。わたしはどこにいるの？　わかってる。わたしはここにいる。なのに、わからないの。いつもじゃないけど、たまにわからなくなる。強い風が吹いていて、飛ばされてしまいそう。わたしはどこにいるの？　誰か教えて。わたしは――」

放っておいたらメリイの声がどんどん大きくなる。しまいには叫びだす。さすがにそれはまずい。どうにかしないと。ハルヒロの頭の中にあったのはそれだけだと、果たして言えるだろうか。とっさのことだったたし、自分の気持ちはこれこれこのとおりで、だからこうした、なんて事細かには説明できない。とにかく、そうせずにはいられなかった。

メリイを抱きよせる以外の選択肢が、そのときのハルヒロにはなかった。

ハルヒロは馬鹿かもしれないが、メリイは違う。彼女は反射的にちゃんと自分の身を守ろうとした。そのせいで、ハルヒロとメリイとの間には、縮められた彼女の両腕が挟まっている。放したほうがいいか。むしろ、放さないといけないんじゃないか。あたりまえじゃないか。何やってるんだ。抱きしめるなんて。馬鹿かもしれない、じゃなくて、正真正銘、馬鹿じゃないか。

でも、メリイは腕を動かさない。身じろぎもしない。ハルヒロを押し離そうとしない。メリイは女性にしては背が高いほうで、ハルヒロは大きくはない。だけど、女の子なんだなあと感じた。骨格とか、筋肉の量とか、男と女では違うんだろうな。こんなふうに真正面から抱きしめても、メリイはハルヒロの腕にすっぽりと収まってしまう。自分ごときが彼女を守ったり繋《つな》ぎ止めたりできるとは、正直、これっぽっちも思っていなかった。そんな資格も、能力も、度量も、自分にはないとハルヒロは考えていた。

できるかできないかを度外視すれば、それはもちろん、彼女を守りたいけれど。

それこそ怖くて、足がすくんで、踏みだせない。いや、そうじゃない。踏みだせないのではなくて、踏みださなかった。

「メリイはここにいるよ。おれのそばに。どこにいるかわからないなんて、思わなくていいし、思わせない。メリイがここにいるって、おれは感じてるから」

変なことを口走ってやしないかと、びくびくしている。自分が何を言ったのか、一瞬後には覚えていない有様なので、変なことなのかどうか、そもそも判断がつかない。

メリイが息を吐いた。彼女の体はもう、ほとんどこわばっていない。

「ずっと、こうして欲しかったの」

え、それってどういう意味、と尋ねるよりも早く、ハルヒロはメリイの左耳の少し上あたりに唇を寄せた。メリイは身を震わせ、吐息を漏らした。メリイの髪に顔をうずめている。メリイの匂いがする。やばい、おれ、変態っぽい？　そうでもないか？　この行為がどんな範疇《はんちゅう》に入るのか、何しろ経験がないので、ハルヒロにはよくわからない。

かなり大胆なことをしているような気はする。これ以上は無理だと思う。

無理、なのかな。これが限界なのか。せっかくここまで、ハルヒロとしてはそうとうがんばったのに、後悔する羽目にならないだろうか。だって、こういう状況には二度とならないかもしれない。たぶん、ならないんじゃないかな？　メリイはいやがっていない。おそらく。だったら、さらに先を目指すべきなんじゃ？　先？　先って？

いやあ。

わからないっすね。それはね。持ち帰って検討してみてもいいでしょうか。だめかな。だめか。今か。今しかない。そりゃそうだ。

「そ……」

そしてこれからどうしよう、とでも、ハルヒロは言おうとしたのか？　訊《き》くの？　訊いちゃう？　メリイに？　それはどうなんだろう。どうもこうもない。訊くのは、だめ、絶対。いくらハルヒロといえども、その程度のことはわきまえている。

「……ろそろ、戻ろっか？」

一瞬、間があった。

「ええ」

メリイはうなずいて、ふっと笑った。

なんか、ごめんなさい、と謝るのも違うだろうが、ハルヒロは今、めちゃくちゃ謝罪したい。伝説の土下座マスターにひけをとらない土下座を決めたい。しないけどね？　するわけないよね。できないよね。

ハルヒロはあとずさりしながら、両腕をメリイから離した。せめて頭を下げてお詫《わ》びしたい。いや、だから、そんなことはしませんけども。体は正直だ。顔が勝手にうつむいてしまっている。

「きっとみんな、待ってくれてる」

メリイがそう言ってくれなければ、ハルヒロはいつまで経《た》ってもそこから一歩も動けなかっただろう。

ハルヒロとメリイは仲間たちがいる尾根に戻った。シホルとユメは木に背をあずけ、もたれあって座り、寝息を立てていた。クザクも半分眠っていたようだが、ハルヒロとメリイに気づくと、「おっ……」とだけ言って、軽く会釈をした。何、その態度。何なの？

キイチは見回りでもしているのか、姿が見あたらない。

セトラだけは立っていた。

「何だ、おまえたち。早かったな」

「……そう？　かな？」

え、それってどういう意味？　早かったって、何が？　なんで？

訊けなかった。

ハルヒロはその日、無駄に眠れない夜をすごした。

4. 旅をするなら紳士的に

何はともあれ、ハルヒロたちはおおよそ東へ向かっている。

東に進めば、海に突きあたるはずだ。そうして海伝いに南下してゆくと、いつかは自由都市ヴェーレに辿《たど》りつく。ヴェーレとオルタナは行き来がある。隊商か何かにくっついてゆくか、護衛の仕事でも請け負うことができれば、オルタナに帰れるだろう。

大雑把な計画だが、しょうがない。ここいらは人間族のテリトリーから遥《はる》か遠く離れた敵地だ。地図もないので、緻密な予定など立てようがない。

食べ物や飲み水を確保しつつ、東へ。山道というか、道なんかどこにもありはしない山の中だ。ひたすらまっしぐらに東を目指すというわけにはなかなかいかないのだが、北はともかく、南寄りの進路をとるぶんには問題ない。

でも、山はやばい。

たぶんこのへんもクアロン山系にふくまれるのだろう。ただ、それほど高い山はない。千メートル級、数百メートル級の山が切れ間なく連なっているという感じだ。これが曲者《くせもの》で、アップダウンが激しい。傾斜が急だと、まっすぐ登り降りするのは大変危険だったり、そもそも不可能だったりする。つづら折りのように十キロ以上歩いても、水平距離にすると数キロしか進んでいない。そんなことがざらにある。

それでも、ようやく土地がだいぶなだらかになってきた。東から南にかけて、地の果てにきらめく水面らしきものが見えたとき、クザクは「ひょー」というような奇声を発して跳び上がり、「あれって海なんじゃね!?」と叫んだ。気持ちはわかる。ハルヒロも嬉《うれ》しかった。ひょー、とは言わないけどさ。

俄然《がぜん》、気合いが入った。もっとも、急《せ》いては事をしそんじる、というし、変にペースを上げないほうがいい。ハルヒロのそれほど多くはない長所として、そのあたりのコントロールは利くほうだ。クッソつっまんねーヤツ、そういうとこが人としておもしろくねーんだよカスが、と罵声を浴びせてくる馬鹿もいないので、抑えて、こらえて、ハルヒロたちはじっくり進んだ。

「なあなあ！」

行く手の十メートルばかりこんもりと盛り上がっている小さな丘の上で、ユメが両手を振っている。

「ここで夕ご飯したらだめかなあ!?　ここ、風がにょーって吹いてなあ、んにゃーって気持ちがいいからなあ！」

日暮れが迫っている。急いでいないとはいえ、半日くらいほとんど歩きどおしだったのに、ユメは元気だ。

「べつに飯なんて、どこで食おうと同じだと思うがな……」

セトラは呆《あき》れているようだが、すたすた歩いていって丘の手前で食事の支度を始めた。

「おい、忠犬。火を起こせ」

「うっす」

クザクは即座に反応し、火起こしにとりかかってから、「……いや、忠犬って」と首をひねった。

「少なくともセトラサンの犬ではないつもりなんだけど、俺。どうにかならないっすかね、その呼び方」

「ならないっす」

「真似《まね》しないでよ……」

「だったら、黙ってやることをやれ。私は忙しい。邪魔をするな、忠犬」

「わんって吠《ほ》えたくなってくるよね、なんかもう……」

吠えたければ吠えてもいいんだよマイフレンド、と内心で忠犬に声をかけ、ハルヒロはなにげなくメリイを見た。どうしたことか、いや、単なる偶然だろう、メリイもハルヒロのほうに視線を向けていた。おかげで目が合った。

さて、どうしよう？

旅の紳士なら、やあどうもどうも、奇遇ですね、ははは、と挨拶するところだ。しかしハルヒロは旅の紳士などではない。というか、旅の紳士って何だよ。

ハルヒロとメリイは見つめあっている。だが、結果的にそうなっているだけであって、そこに特別な意図はない。たとえばメリイが何事もなかったかのように目をそらしたとしても、ハルヒロはなんとも思わないだろう。メリイにしても同じだろう。たぶんきっと同じなんじゃないかな？　ハルヒロはメリイではないので、断言はできない。だから、あ、何だろ、もしかして自分、避けられてる？　みたいなふうには、万が一にも感じさせたくないし。そんな、避けたりするわけないじゃないですか。やだなあ、もう。

メリイもハルヒロと似たような心持ちで、先に目をそらしづらいのかもしれない。ならばここは、勇気を出してハルヒロが先に。いやでも、誤解を招きたくない。

シホルが、よいしょ、よいしょ、と丘を登ってゆく。ハルヒロは視界の隅でその姿をとらえていた。ちょっとちょっと？　ねえ？

そこは声、かけてよ。シホル。頼むって。何してるの、どうしたの、とかさ。一声かけてくれれば、え、何が、どうもしないよ、みたいに答えることをきっかけにして、この膠《こう》着《ちゃく》状態から抜けだせるのに。なぜハルヒロとメリイは放っておかれているのか。ひょっとして、二人だけ仲間外れ？　みんな、ひそかに結託してる？　ハルヒロとメリイをハブっている？　ハブられてしまっている？　まさか。ないよね。ない、ない。それはない。

「……ぬ？」と、ユメが声を漏らした。ナイス、ユメ。これは気になって見てしまう流れだ。ハルヒロは実際、そうした。ユメは小首をかしげ、足許《あしもと》に目を落としていた。

「あるろお？　今なあ、なんか……」

丘登りの最中だったシホルが、「ひっ」と小さな悲鳴をあげた。

「シホルサン!?　どうしっ——たあああぁぁぁぁ……!?」

クザクが跳びのいて、セトラも「なんっ……」と丘を見上げた。

丘、なのか。あるいは、丘じゃないのかもしれない。少なくとも、普通の丘ではないだろう。いかにも丘然とした、丘らしい、あたりまえの丘は、動かないしね？

「にゃ、にゃ、にゃぁっ……」

ユメが丘の上でよたよたしている。というか、転ばないようになんとかバランスをとろうとしているのか。

草に覆われた直径十メートルか十五メートル、高さ十メートルほどのこんもりした丘が、揺れ動いている。

「ひうぅぅぅ……」

シホルはでこぼこした丘の斜面にしがみついて、悲しげな声を出している。丘の半ばあたりなので、地面からの高さは五メートルといったところだろうか。

「おい、飛び降りろ、魔法使い！」

叫ぶセトラの足許で、灰色の毛を逆立てたキイチがシャーッと牙を剝《む》いている。

「……と、飛び降りろって、い、言われても……」

「早くしろ、その丘、生きているぞ！　狩人《かりゅうど》も、今のうちに下りろ！」

「ふがぁっ！」

思いきりのいいユメは、すぐさま丘を駆け下りはじめた。シホルは下を見て、ためらっている。

「お、丘が生きてるって……」ハルヒロは頭を振った。「──や、それどころじゃないか、シホル、セトラの言うとおりに！　クザク、シホルを受け止めろ！」

「わんっ！」

「吠えてるし……」

「ついね!?　シホルサン！　ほら、大丈夫だから！　俺がキャッチするんで！」

クザクはシホルの真下に位置どって両腕を広げた。

丘が生きている。どういうことなのか。揺動するだけでなく、形を変えようとしている。もともとは、多少の凹凸はあっても、全体的に丸っこい丘だった。でも、今はそうじゃない。あちこちがせり出したり、引っこんだりしている。それに応じて、ちょっとした土砂崩れのように、土がそこに根づいている草ごと、ざざざざと流れ落ちてゆく。

「シホル！」とメリイがうながした。

やっと決心がついたのか、シホルが斜面から離れた直後、ちょうど今の今まで彼女がいた場所が大きく陥没したので、ぎりぎりだった。クザクがシホルを受け止める。

「下がれ！」

ハルヒロは指示を出しながら、あとずさりした。自分はまだ下がるつもりはなかったのだが、思わず後退してしまった。丘が生きている。こういう意味か。

丘は立ち上がりつつあった。

むろん、丘は立ち上がらない。普通の丘は、というか、普通じゃない丘でも、やっぱり立ち上がることはないだろう。だからそれは、そもそも丘ではなかった。生き物だったのだ。それはそこに、たぶんずいぶん、そうとう長い間、うずくまっていたのだろう。風雨にさらされ、土埃《つちぼこり》を被《かぶ》り、とうとう植物が芽吹いた。あげく、丘のように成り果てた。

「……おっきい」とメリイが呟《つぶや》いた。

ねえ。ほんとに。

それはまず膝立ちになり、そこから中腰の姿勢になって、さらに直立しようとしているようだが、老爺《ろうや》のごとく腰が曲がっていて、うまく上半身を起こすことができないらしい。まだ草や土がふんだんにこびりついている。部分的には、草地と同化しているように見受けられなくもない。地肌に草が生えたりもしちゃってるんじゃないかな？　しかし、人間だ。人型と言うべきか。体の形はハルヒロたちに似ている。サイズは大違いだ。何せ、あんなに腰が曲がっていても、十五メートル以上、ひょっとしたら二十メートルくらいありそうですから？

「聞いたことがある。森の巨人だ」

いつの間にやら、キイチを連れたセトラがハルヒロのかたわらにいる。ハルヒロがその横顔に目を向けると、セトラはなぜか、横歩きですっと離れた。

「巨人族の一種で、冬眠する獣のように休眠しながら、何百年も生きるらしい。……本当にいるとは思っていなかったがな」

「お、わ、わ、わ、わ……！」

クザクがシホルを抱えたまま、こっちへ走ってくる。ハルヒロは目を瞠《みは》った。

「あ、ちょっ、くっ――」

森の巨人が倒れこむようにして手をのばす。クザクだ。クザクを狙っている。え？　何、何、何？　つかまえて、どうするの？　もしかして、食べるとか？　休眠から覚めて、おなかがすいちゃってる？

クザクが「わあああぁぁぁぁぁぁぁぁ」とわめきながら懸命に脚を動かす。シホルはクザクにとりすがって、「きゃああああぁぁぁぁぁぁぁぁ」と絶叫している。二人を助けたい。でも、相手がでかすぎる。あんなやつ、どうやっても止められない。それでもなんとかしないと。クザクとシホルは大事な仲間で、ハルヒロはリーダーなわけで。それだけれど包み隠さず明かせば、これ無理なんじゃねと思ってしまった段階で、ハルヒロの思考は完全に停止した。そのときのハルヒロは傍観者以外の何物でもなかった。

「デルム・ヘル・エン・バルク・ゼル・アルヴ……！」

呪文。魔法だ。シホルじゃない。

メリイだ。メリイが呪文を詠唱して、魔法を発動させた。炎熱魔法《アルヴマジック》の爆発《ブラスト》だ。森の巨人の顔面から爆炎が上がった。森の巨人がよろめく。倒れこみそう、ではなくて、本当に倒れこんでしまう。巨体が斜めに傾いて、そのまま地面に突っこんだ。

クザクとシホルは、大丈夫だ。かなり危ないところだったが、どうにか森の巨人にとっつかまえられずにすんでいる。ハルヒロは腕を振りまわした。

「みんな、走れ！」

セトラとキイチが駆けてゆく。ユメは一時的に別の方向へ避難して、あとで合流するつもりらしい。シホルを抱いたクザクもちゃんと来ている。

「メリイ!?」

見れば、メリイは額を押さえ、目をつぶって、歯を食いしばっている。苦しそうだ。駆けよって肩に手をかけると、メリイは「……ええ。わたしは平気」と応じたが、これっぽっちも平気そうじゃない。こんなときでなければ、横になって休ませるか、せめて座らせて水でも飲ませる。残念ながら今は余裕がない。森の巨人は無傷ではないだろうが、起き上がろうとしている。ハルヒロはメリイの手を引いた。冷たい手だった。きつく握ると、握り返してきた。二人は黙って駆けだした。

5．若さと力と根性と

東へ。

途中からは南東へ。

いいことばかりじゃない。それどころか、いいことはめったにないが、悪いことばかりでもない。たとえば、嵐が吹き荒れるなか、避難できそうな洞穴がたまたま見つかったり。そのあと嘘《うそ》みたいに晴れ上がって、爽快だったり。セトラがつくってくれたご飯がやたらとおいしかったり。気まぐれだろうが、キイチが体をこすりつけてきて、撫《な》でてやったら喉をごろごろ鳴らし、かわいかったり。小さな幸せは、意外とそこらじゅうに転がっている。ただ、そこにあることに、なかなか気づかないだけなのだろう。

この旅はいろいろなことを教えてくれた。悪くない旅だったのかもしれない。

ハルヒロは思わず、こうしておれたちの旅は終わった的な感慨を抱いてしまった。

「これが海か」とセトラが呟いた。

キイチが彼女の脚にぴったりと寄り添い、立てた尻尾をゆらゆらさせている。

「海やなあ……」

ユメは目を細めてにまにましている。

シホルはしゃがんで、ほう……と、息をついた。

「ハルヒロ」

クザクがこっちを向く。真顔だ。

「……何だよ」

「叫んでいいっすかね？」

「え。叫ぶの？　べつにいいけど……」

「んじゃ俺、叫ぶわ」

クザクは両手を喇叭《らっぱ》みたいにして口のところにあて、のけぞって、すうぅぅ……と、息を吸いこんだ。

「海だあああ……！」

「……バカみたい」

メリイがぼそっと言った。まったく同感だが、クザクの気持ちはハルヒロもわからなくはない。

ハルヒロたちは最後の山の頂から海を見晴るかしていた。標高三百メートルくらいだろう。この山を下りると、そこは海辺だ。その先には当然、青々とした海がどこまでも果てしなく広がっている。山はもうたくさんだ。一生ぶん山を登り下りしたような気がする。やっとだ。ようやくだ。ついにこれが最後の山なのだ。

前日はこの最後の山の頂上を目前にして、あえて登りきらずに野営した。まだ暗いうちに起床し、山頂で日の出を拝もうとする程度には、みんな浮かれていた。結果的に、思ったよりも登頂に時間がかかり、太陽が海の向こうから顔を出す瞬間は見られなかった。いわゆるご来光は見逃したが、それでも充分、すばらしい眺めだ。もしハルヒロに詩心があったら、詩の一つや二つ、吟ずるところだろう。

「……なんにも、浮かばないな」

「何が？」と、メリイに訊《き》かれた。

「あ、や、何って……」

彼女はまだ薄明るい空が落とす影をまといながらも、朝日を浴びてきらきらと輝いている。詩人なら、美しい言葉で彼女を讃《たた》えることもできるはずだ。

「……頭、真っ白になるくらい、きれいだなって」

「ほんとに」

メリイは海に目をやって、そっと息をつく。

海のことじゃないんだけどな。

水面に百億の宝石をばらまいてきらめかせる太陽のことでもなくて、メリイのことなんだけど。

「ところで、ハル」

セトラが睨《にら》んでいる。

「……はい？」

「私はおまえを見ていると、たまにというか、たびたび焦《じ》れったくて殺傷したくなる」

「穏やかじゃないね……」

「そうだな。せいぜい私に殺傷されないように気をつけろ」

「え、と、……気をつけたいのは山々なんだけど、具体的にどうすれば……」

なぜかクザクがシホルの隣にへたりこんで、「……わん」と吠《ほ》えた。シホルはクザクの背中に加えて、頭まで撫でている。どんどん犬化が進んでない？

どうもすべて自分のせいらしい、ということくらいはハルヒロも推測がつかなくもないのだが、だけどさ、しょうがなくね？　おれだって、こういう煮えきらない性格っていうの？　どうにかしたいよ？　変われるものなら変わりたくて、ここぞというときには踏みだしているつもりなのだが、足りないのだろう。もっとか。もっとなのかな。一方で、実際に踏みきった場合、どうなっちゃうのかわからないという問題もある。各方面に与える影響というか。これでもリーダーだしね？　考えないわけにはいかないし。そういうこともあって、簡単じゃないんだよ。難しい。人生、難しすぎるよ……。

「ところでなあ？」とユメが海のほうを指さした。「あそこに船みたいなのがあるっぽいんやけどなあ。傾いてない？　それとも、ユメの気のせいなんかなあ？」

いや、決して気のせいじゃない。海岸から、どれくらい離れているだろう。近くはないが、そこまで遠くもない。その帆船は航行していないので、停泊していると表現するべきなのかもしれないが、何か変だ。ユメの言うとおり、明らかに傾いている。

「……座礁してる、とか？」

いずれにせよ、ここからでは判断がつかない。ハルヒロたちは海に向かって下山した。これがとりあえず最後の山だと思うと、ピクニック気分で鼻歌くらい歌いたくなるが、油断すると足をすくわれる。それが旅というものだ。体感時間だが、二時間くらいで山を下りきって、そこから三十分ほども歩くと、岩浜を見下ろせる小高い草っ原に着いた。

正面方向に例の船がある。帆は白く、船体も古びていない。長い間、そこに放置されて朽ちかけているという様子ではないから、最近、座礁した船なのではないか。素人考えではあるものの、そんな印象を受ける。

そして岩浜にはなんと、人がいた。いや、人間かどうかはわからないが、人型の生物が複数、十人以上いて、座ったり、突っ立っていたり、うろついたりしている。

「あの船の乗員なのかな」

ハルヒロたちは一応、横並びになって地べたに伏せている。あちらからはたぶん、ハルヒロたちの姿は見えないはずだ。

ユメが「にゅう……」と目を凝らした。この中で一番視力がいいのは狩人《かりゅうど》のユメだ。

「男の人が六人、……かなあ？　人間ってゆう意味やけどなあ。あと、人間じゃない人もいるかなあ？　一人はオークかも。たぶんやけどな、コボルドもいるなあ。それから、ゴブちんも？　顔まで、包帯みたいのでぐるぐる巻きの人は、何なんかなあ、ちょっとわからんけどな。女の子も一人いてる。……むぬぅ。女の子なんかなあ？」

人間だけならともかく、オークにコボルド、ゴブリンまでいる。それでいて、人間の女性も一人、交じっているという。いったいどんな集団なのか。

「ヴェーレでは人間とオークが共存しているらしいがな……」

セトラは彼女らしくもなく自信なげだ。

不確定要素が多すぎる。関わらないほうがいいか。気にはなるが、好奇心は身を滅ぼす原因にもなりうる。かつてうちにいた馬鹿などは、よくそれで災難を招いていた。うん。やめたほうがいいかも。何も見なかったことにして、静かに立ち去ったほうがいい。

「このまま匍匐《ほふく》後退して、そのまま南に……」

匍匐前進ならぬ匍匐後退は、言葉としてちょっとぴんとこなくてわかりづらいか。言いなおそうとしたら、ユメが「はぅわっ」と調子外れの声を出した。

「ど、どうした、ユメ」

「手えをなあ、振ってる」

「は？　誰が？」

「女の子。……けどなあ。あの女の子、おひげがあってな。女の子って、おひげ、生えるんかなあ？　ユメは生えないけどなあ」

「まあそれは人によるのかも、——っていうか、え？　手……？」

目をやると、たしかに女の子らしき人物が、こっちに向かって手を振っている。でもこれは、おれ？　と思わせておいて、じつは別の誰かだった、みたいな展開では？　ハルヒロたちの後ろに誰か、あの女の子の仲間か友だちがいるとか。それはそれでやばいか。そうだ。間違いなくやばい。ハルヒロは振り返って確認した。いない。誰一人として。

「うぉーい！」と、とうとう女の子らしき人物が叫びはじめた。

見てるよね。

確率でいうと、八十パーセント以上、こっちを見ている。九十パーセントかな？　九十九パーセントかもしれない。ひょっとすると、百パーセントかな？

「うぉーいぃー！　そこにいるのぉー！　出ておいでぇー！　敵なら、ころーす……！」

「……た、戦う？」

クザクが大刀を抜こうとする。ハルヒロは「待て」と止めた。戦うくらいなら逃げるべきだ。ここから集団がいる一帯まで、五十メートル以上離れている。退《ひ》けと号令をかけようとしたら、包帯ぐるぐる巻きっぽい謎人物が女の子らしき人物に何か筒状の物体を渡した。何だ、あれ。女の子らしき人物がその物体をこっちに向ける。

「ずどぉーん！」

女の子らしき人物がそう言うのと同時に、ズドォーンというかパァーンというかダァーンみたいな大きな音が鳴り、ハルヒロは腕立てをして体を起こした。なんか、今、衝撃が来たんだけど？　何かが飛んできて、すぐ近くの地面にすごい勢いで当たった。女の子らしき人物が持つ物体の先から、煙が上がっている。

「……まさか、鉄砲？」

シホルがまさにハルヒロが言おうとしていたことを口にした。

「うぉーい！　さっさか出てこぉーい！　次は当てちゃうんだよぉーー！　当たったら、いったいよぉーー！　あたしはスパイシーなスニャイパーー！　なのだっ！　違うけどっ！」

女の子らしき人物がわけのわかるようなわからないようなことをわめいている。

「あれは、魔法、……なのか？」

さしものセトラも度肝を抜かれているようだ。キイチは地面にへばりつくように姿勢を低くして、匍匐後退を開始している。

「違う。魔法じゃない。武器だ」

ハルヒロは唇を噛《か》んで、舐《な》めた。鉄砲。なんで鉄砲なんか？　いや、だいたい、鉄砲って、あったっけ？　見たことはない、――ような？　だったら、どうしてハルヒロは、それにシホルも、その存在、そして名前を知っているのだろう。グリムガルに来る前の記憶

であり、知識なのか。とにかく、あれは火薬で弾丸を飛ばす武器だ。鉄砲。銃という呼び方もある。女の子らしき人物が言うように、弾が当たったらただではすまない。メリイがいるので、致命傷でなければ治療してもらえるが、当たりどころが悪いと即死する可能性だってなくはない。

「撃つな！」とハルヒロは片手を挙げて叫んだ。膝立ちになる。仲間たちはうろたえているようだ。独断専行になってしまって申し訳ないが、仕方ない。緊急事態だ。

「出てきたら撃たないよー！」女の子はまだ銃を構えている。「ただし、ぜーいん出てくること！　のだっ！　あたしの目はちゅにじあじゃないもん！　間違っちゃったいっ、ふしあなさんでしたーっ！」

「……撃たないって保証は!?」

「えーとね、約束するよー！　指切りげんまんだーっ！」

「指切りなんかできないだろ！　この距離で！」

「それもそだねー！　けどでも、そこはあたしを信じてもらうしかないかなー！」

「信じるっていっても、きみが何者かさえ、こっちは知らない！」

「あたしもそっちが何者か知らないよー！　おあいこじゃないかなー!?　のだっ！」

口調もふくめ、そうとう変な女性だが、馬鹿ではないようだ。義勇兵だと教えても大丈夫なのか。何しろ敵地だし、迷うところだ。

「……ハルヒロくん」とシホルに呼びかけられた。

見ると、シホルはうなずいてみせた。だよな。そうなんだよ。もちろん確実ではないが、たぶん彼らは人間族を敵視している勢力には属していない。だって、もしそうなら、ハルヒロの姿を目にした段階で、躊躇《ちゆうちよ》せずに攻撃するはずだ。

「みんな、立って」

ハルヒロに従って、仲間たちが次々と立ち上がった。すると女の子は銃を包帯ぐるぐる巻きっぽい謎人物に投げ渡し、こっちに人差し指を向けた。

「いよぉーし！　そいじゃ、こっちに来て誰か一人、あたしと勝負だーっ！　誰でもいいよ、かかってこぉーい！　のだーっ！」

……どうやら、思った以上に変な女性らしい。

ハルヒロたちは岩浜に下りて、集団と対峙《たいじ》した。

彼らはやはり船乗りのようだ。まあ、船乗りについて詳しく知っているわけではないのだが、なんとなく船上での作業に適していそうな恰好《かつこう》をしているし、人間だけじゃなく、オークやゴブリンも潮焼けしている。いかにも海の男たちという風情だ。

つばの両側が巻き上げられた帽子を被《かぶ》っている女の子は、男装をして、口髭《くちひげ》をたくわえている。いや、付けているのか。十中八九、付け髭だ。男のハルヒロだって、いくらのばし放題にのばしても、おそらくあんなふうにふっさふさにはならない。

ふざけてるのかな？

でも、そういう感じでもないんだよな。

女の子は胸を張って腕組みをし、ハルヒロたちを見まわした。鋭いというか、威圧的な眼光だ。小柄なのに、そう感じさせないような迫力がある。

「あたしはK&KのK！　M！　O！　モモヒナ！　であーる！　名を名乗れーっ！」

「……K&K？」と、メリイが眉をひそめた。

モモヒナという名らしい女の子がくわっと目を見開いて「名を名乗れー！」と繰り返すと、男たちが「オゥラァ！」、「名乗れっつってんだろ、ダボォッ！」、「野郎はぶっ殺して女はやっちまうぞコラァッ！」、「むしろやりてえぞォラァッ！」、「欲望だだもれじゃねぇかボラァッ！」と怒鳴りまくった。これは怖い。女性陣は怯《ひる》んでいる。クザクがブチキレて進みでようとした。

「たいあーっぷ……！」

モモヒナに一喝されると、男たちはぴたっと口を閉じた。

ハルヒロは呆気《あっけ》にとられていた。タイアップって……？

モモヒナは咳払《せきばら》いをした。

「……間違い。正解は、シャラクじゃないよシャラップ！　でしたっ。こういうこともありまーすっ。現場からは以上ですっ。のだーっ」

顔が赤い。恥ずかしがっているようだ。

「うんうん……」

ユメがしきりとうなずいている。あ、そこ、共感しちゃうんだ？　まあ、するか。ユメとモモヒナ。この二人は微妙に似たところがある。でも、ユメはさすがに付け髭なんか付けない。銃で撃ってきたりしない。いきなり勝負しろとか言ってこない。

「あの、勝負って、どういう？」

念のために訊《き》いてみたら、モモヒナはまだ頬を紅潮させたままニヤッとして、親指を立ててみせた。

「そんなの、タイマンステゴロに決まってんだろーよっ。あたぼーよっ。ようそろーっ」

「ようそろーっ！」と、男たちが濁声《だみごえ》で唱和する。

タイマンステゴロ。一対一、素手での勝負ということか。

「やってやろうじゃねーか」

クザクが腕をぶん回して前に出ようとしたら、モモヒナの付け髭がずれて、剝げ落ちそうになった。

「とぅあはっ!?」

モモヒナはすかさず付け髭を押さえて付けなおしたが、クザクの意気消沈具合がはなはだしい。クザクのことだから、相手が女の子だということを思いだして、ステゴロる、い

やそんな動詞はない、この際なくてもいいか、とにかく女の子とステゴロるってどうなんだ、という部分で悩んでしまったのだろう。ハルヒロだって女性とステゴロるのは気が引けるが、さりとて女性陣に任せるのもどうなのか。

「……それじゃ、おれが」

「にへへーっ。かかってきなっ。おちゃのこさいさいだよー。のだーっ！」

モモヒナが上着を脱ぎ捨てる。男たちが歓声をあげ、ハルヒロは慌てて横を向いた。モモヒナは膝丈のコートを身につけていたのだが、その下に当然、シャツでも着ているのかと思いきや、違った。素肌だ。裸ではないものの、下着代わりなのか、胸にさらしを巻いているだけという恰好で、なかなか直視しづらいものがある。

「どしたーっ。おらぁーっ。かかってきなんせーっ」

「……上着を着てくれない？」

「やだっ」

「なんで……？」

「重くて動きづらいのーっ。わかるかーっ。この気持ちーっ。がぉーっ」

「よくわかんないけど、こっちの気持ちもわかってよ……」

「そんなのどうでもいいから、やっるぞー、うぉらーっ。来ないんだったら、あたしから攻めてもいいのかなー？　いっくよー！」

モモヒナが詰め寄ってくる。一瞬でスイッチが入ったようにハルヒロの体が稼働状態になり、全力で斜め後ろに跳び下がった。やばい。速い。何だ？

「——にひっ。さてはシロートさんじゃないなー？」

あの構え。左足、左手を前に出し、腰を落として、両手をやわらかく開いている。体のどこにも余分な力が入っていない。弛緩《しかん》しているようにさえ見える状態から、一気に加速する。シロートじゃないのはそっちじゃないか。

「あたしを楽しませてみせろっ。のだーっ」

パンチとも掌打とも異なり、腕、手首、指までがしなって襲いかかってくる。そんなことはないだろうが、あれに当たったら切れそうだ。ハルヒロは反射神経に頼ってモモヒナの攻撃を躱《かわ》した。こうだからこうして、ああして、それからこうする、みたいに頭の中で組み立てていたら、とてもおっつかない。

「ちょりちょりちょりちょりちょりちょりちょりちょりちょりちょりぃーっ……！」

なんという猛攻だろう。速くて、流れがある。途切れ目がない。ハルヒロはすぐによけきれなくなり、腕で防ぐと、弾《はじ》き飛ばされるというよりも押し流されて、体勢が崩れた。見る間に追いつめられてしまった。他に手がない。やむをえずハルヒロは反撃に出た。といっても、殴ったり蹴ったりは得意じゃない。ハルヒロはあえてモモヒナの連撃を食らい、耐えて、腕をつかまえようとした。盗賊の喧嘩《けんか》殺法に、腕捕《アレスト》というスキルがある。

今だ。

——と思ったときには、ひっくり返っていた。逆に腕をとられ、投げられたらしい。

「惜しかったにょー！」

モモヒナがハルヒロの顔面に一撃見舞おうとしている。やはり拳じゃない。握り固めてもいない手で、何をしようとしているのか。わからないが、あの一発はきっと、効く。意識したわけじゃない。勝手に脳の制限装置《リミッター》が外れた。

強襲《アサルト》。

ハルヒロはモモヒナから飛び離れ、すぐさま躍りかかる。手を、足を、どう使おうとか、フェイントをかけて本命を叩《たた》きこもうとか、考えない。相手の動きを見ず、感じとろうともしないで、反応を遮断し、ひたすら攻める。攻める。攻める。心臓が、血管が、何倍にも拡張し、とんでもない速度で血液が全身を駆け巡っているかのようだ。相手が女性、いや、人間だという事実すら、今のハルヒロには関係ない。肉体を肉体にぶつけて粉砕する。お互い木っ端微塵《こっぱみじん》になってもいい。むしろ望むところだ。強襲《アサルト》で攻めたてるハルヒロは、ハルヒロであってハルヒロではない。これでも、足りないのか。

モモヒナはハルヒロの右手を、左手を、右足を、左足を、するりするりとすり抜け、受け流す。遊ばれているんじゃないか。まるで子供扱いだ。

だめだ、これ。

　モモヒナはへんてこな女性だが、馬鹿じゃない。きっと最初からわかっていたのだ。格闘戦なら自分が負けるわけがないと。絶対に勝てる果たし合いにハルヒロを誘いこんだ。その時点で勝負はついていた。

「それがっ！　きみのっ！　全開っ！　ばりばりかなー!?」

　モモヒナはハルヒロの死力を尽くした攻撃を捌《さば》ききったあげく、満を持して攻めに転じた。強襲《アサルト》は、理性のたがを外し、攻防の防を完全に捨てて攻にすべてを注ぎこむ。やられたらやられっぱなしだ。

「でるむ！」と、モモヒナはハルヒロの左脇腹に掌底をぶちこんだ。直接打撃を受けたのは脇腹なのに、脳天まで響く。ぐらつきながらも獰猛《どうもう》につかみかかろうとするハルヒロの、右肩に「へる！」と、左肩に「えん！」、そして鳩尾《みぞおち》に「ばるく！」と、モモヒナは立てつづけに杭《くい》を打ちこむような痛撃を浴びせた。その時点でハルヒロは意識が飛びかけていた。倒れなかったのは、意地か、根性か、それとも、たまたまか。

「ぜる！」と、モモヒナは踏みこんできて、ハルヒロの左膝の裏側に足をかけた。仰向《あおむ》けに倒れる。もう踏んばれない。

「あるう！」

　そして、モモヒナが打ち下ろした掌底が顎にクリーンヒットしていたら、ハルヒロはどうなっていただろう。もしかすると、死んでいたかもしれない。

モモヒナはあえて外したのだ。
それだけじゃない。倒れかかっていたハルヒロを、モモヒナは空振りさせた右腕でさっと抱きとめ、くるっと回転させた。同時に、少し離れた場所で、ずどんっ、と爆発が起こった。悲鳴と歓呼の声が飛び交い、モモヒナはハルヒロを地べたに座らせた。
戦っている最中に剝がれたのだろう。付け髭がない。モモヒナの素顔はまさに女の子のそれだ。実年齢は不明だが、ハルヒロたちより年少のようにも見える。ていうか、何だったの、さっきの爆発？　もしかして、爆発《ブラスト》？　デルム・ヘル・エン・バルク・ゼル・アルヴ。そういえば、呪文を詠唱していたような？　え？　てことは、何？　この人、魔法使いってこと……？
「あたしがモモヒナ！　K&K海賊商会のKMO！　カンフーマスターで、魔法使いの、女だ、うぉーっ！」
男たちが拳を振り上げて、「おおおおおおおぉーっ！」と銅鑼声《どらごえ》を発した。
K＝カンフーマスター
M＝魔法使い
O＝女
そっちかよ。
いや、そっちもどっちも何も、そのまんまじゃないですか……。

「どうだっ！」

モモヒナはふんぞり返ってハルヒロを見下ろした。すごい、……得意顔、です。

「完っ！　勝っ！　いただきましたーっ！　まいったかーっ！」

「……まいりました」

「よぉーし！　それじゃ、今からきみたちはモモヒナの手下だよーっ！　子分、子分、ぶん、ぶんっ、だからねーっ！」

「へっ……？　そ、そうなの……？」

「あったりまえのこんこんちきよーっ！　タイマンステゴロして血の絆《きずな》、結ばるるっ！」

「そんな、雨降って地固まるみたいな。や、あんまり似てないか……」

「いーの、いーの！　ちっちゃいことは気にしなーいっ！　若さ！　力！　根性！　わかちこだよー！　これが海賊の掟《おきて》なんだからねっ！　のだーっ！」

「海賊……」

そういえば、K&K海賊商会、とか言っていたような。男たちは船乗りで、モモヒナはどうやら彼らの首領らしい。あそこに座礁した船がある。そうか。この集団は海賊なのだ。あの船は海賊船で、モモヒナはその船長なのだろう。だから、髭《ひげ》を？　いや、べつに髭はなくてもいいような？

「……ていうか、手下？　おれたちが、海賊の？　え？　マジで……？」

生きていると、何があるかわからない。一寸先は闇。あるいは、それこそが人生なのかもしれない。

「よぉーし！　次っ！　とぉわーっ！」

モモヒナが謎の構えから突きを繰りだすと、その前に並んでいるユメとシホル、メリイ、セトラの四人が、「とわー！」と気合いを発して突きを出した。

「次だよっ。せゃはーっ！　さーっ！　ざん、ざんっ！　やりゃーっ！」

モモヒナが回し蹴り、手刀、二連突き、後ろ回し蹴りと繋《つな》げてみせると、ユメたちもそれに倣う。

「せゃはー、さーっ、ざん、ざんっ、やりゃー！」

ユメとメリイ、セトラはなかなか様《さま》になっているが、シホルはいちいちもたつく。仕方ない。何せ、シホルは魔法使いなのだ。まあ、それを言ったらモモヒナもそうだが、彼女の場合は特殊で、例外的だと見なすのが公平だろう。

「次っ！　ちょりゃっ！　んなたぁっ！　ふみっ！　しゅっ、しゃっ、ぶりーんっ！」

「ちょりゃ、んなた、ふみ、しゅ、しゃ、ぶりーん」

「元気ないよーっ！　ほいっ、しゅぱっとやるっ！　どわっせぇらぁーっ！」

「どわっせらーっ！」

「いいよぉーー！　その調子だよーっ！」

岩場でのカンフー修練は続く。なんでこんなことになっているのか。ハルヒロにはよくわからない。とにかく、ユメたち女性陣はモモヒナにカンフーを習うことになり、ハルヒロとクザクは他の男たちとともに肉体労働に精を出している。

労働といっても、岸辺に打ち上げられた漂流物を集めたり、薪を探してきたり、掘っ立て小屋を建てようとしたり、筏《いかだ》を作ろうとしたりする船乗り、ようは海賊の男たちを手伝っているだけだ。しかも、それらの作業に緊急性は微塵《みじん》もない。

座礁した海賊船に積んであった樽《たる》がいくつも陸揚げされていて、その中身は魚や肉の塩漬けや野菜の酢漬けなので、食べ物には当面困らない。水も近くの川で汲《く》んできて沸かせば飲める。なんなら、川の水をそのままがぶ飲みしても、まあ死にはしない。

海賊たちは暇なのだ。酒があれば酒盛りでもするのだろうが、飲み尽くしてしまったらしい。手持ちぶさたで、しょうがなく、だらだらと何かやっている。暇潰しさえ面倒なのか、岩の上に寝転んで鼾《いびき》をかいている海賊も少なくない。しかし、ハルヒロとクザクは新入りの下っ端だ。休んでいると、「おら、働け！」とドヤされる。どうせ何もしないのも退屈だから、動いている海賊になんとなく手を貸す。そんなことをしているうちに日が暮れる。暗くなったら焚《た》き火《び》をし、見張りをしたり、しなかったりする。どこかそのへんで

気ままに過ごしているらしいキイチが戻ってくる。やがて夜が明ける。また新しい、かわりばえのしない一日が始まる。

海賊ライフは想像していたのと少し違う。

いや、想像したことなんかなかったけれども。海賊とは縁がなかったし。関わることになるとは思ってもみなかった。それがどうだろう。今やハルヒロたちは海賊の一味だ。でも、これが海賊一味のやることなのか？　ていうか、何もやってなくない？　そんなことはないか。ユメたちはカンフーの練習に明け暮れている。まあそれも、時間を持てあましたモモヒナの師匠と弟子ごっこに付き合わされているだけという説が有力だ。ハルヒロたちは手下なので、K&K海賊商会KMOとやらのモモヒナにやれと言われたら、断れないわけだし。手下にされてしまったのは、ハルヒロがタイマンステゴロで負けたせいなので、深く反省している。だけどなんだかもう、反省するのも馬鹿馬鹿しいくらい、平和すぎるほど平和な岩浜暮らしなんだけど……？

五日目に船が来た。

じつは、モモヒナたちは何のあてもなくこの岩浜に留《とど》まっていたわけではない。仲間の船を待っていたのだ。

船は沖で錨《いかり》を下ろし、小舟を出した。小舟には三人の海賊が乗っていた。二人は人間だが、一人はなんと、半魚人だった。

「モモヒナさぁーん！　僕です、僕！　ギンジーです、ギンジーが迎えに来ましたよ！　モモヒナさぁーん、聞こえてますかぁ!?　ギンジーが迎えに来たんですけどぉー!?」

オークやゴブリン、コボルドの海賊まで、片言ではあるものの人間の言葉をしゃべるので、驚くに値しないのかもしれない。しかし、意表を突かれた。半魚人という名の種族ではないのかもしれないが、あの海賊はかなり魚、魚している。モモヒナの上着と似たような意匠の服を身にまとい、帽子も被《かぶ》っているが、なかなかの魚具合なのだ。

「あぁー。ギンジーかぁー……」

モモヒナはがっかりしているというか、若干いやそうだ。海賊の男たちも、待ちに待った仲間がようやく現れたわりにはテンションが低い。

「あきらめてください、KMO」

包帯ぐるぐる巻きの海賊がモモヒナに声をかけた。彼はジミーという名で、どうやらモモヒナの補佐役的な立場のようだ。

「船長はともかく、マンティス号はまともな船です。とにかくこれで、エメラルド諸島に帰れるんですから」

「そだねー。そうなんだけどなー。うぬー……」

「KMOは私なんかよりギンジーとは長い付き合いじゃないですか」

「あのね、そのぶん無駄なお話、いーっぱい、たぁーっくさん、聞かされたんだよー?」

「ああ、そう考えると、それはなかなかたまりませんね……」

「すぐ調子に乗って、おしゃべりすぎで、ウッザいところがなかったら、悪い子じゃないんだけどなー。ギンジー」

何やらさんざんな言われようだが、岸についた小舟から岩浜に下りたった半魚人ギンジーは実際、とても好きにはなれそうにない感じだった。

「いやぁー。ちょっと予定より遅れてしまって申し訳ないです。申し訳ないとは思ってますけど、あれ、あれ？　何だろ？　このあんまり歓迎されてないような雰囲気？　あれあれあれあれ？　おっかしいなぁ。おかしいと思うんですよねぇ。だって僕、あなたたちを迎えに来たんですけど？　嵐にぶち当たったとはいえ、こんなところで船を座礁させちゃったうっかりさんな仲間たちを、こうやってわざわざ迎えに来たんだけどなぁー。何も万歳三唱しろとまでは言いませんけど、ありがとうの一言くらいはあって然《しか》るべきじゃないですかね？　いやいや、だからってこのまま引き返したりはしないですよ？　そんなことするわけないじゃないですかー。その気になれば、そうすることもできないわけじゃないですけどね？　しないですよ？　しませんってば、いや本当に」

「何なんすか、こいつ……」

クザクが口を滑らすと、ギンジーは魚眼でギロッと睨《にら》みつけて「ハァーン!?」と威圧しようとした。

「それはこっちの台詞《せりふ》なんですけどぉー!?　そっちこそ何なんですかね、見たことも食べたこともない顔なんですけどぉー!?　食べたことあったら怖いわって？　ちょっとしたサハギンジョークですからぁー!?　ハイ、ここは笑うところですよ！　なんで爆笑が起こらないのか理解不能なんですけどぉー!?」

「し、新入りです」

めんどくさいことになりそうなので、ハルヒロはクザクに無理やり「ほら、一応謝っとけって」と頭を下げさせた。

「モモヒナ……KMOとタイマンでステゴロして負けたんで、手下に、……みたいな」

「ギョギョギョギョギョギョギョォーッ!?　あなた、モモヒナさんとタイマンしたんですか、しかもステゴロォー!?　ゴロゴロゴロォー……!?」

「え。あ、まあ。……あの、目、飛びだしてますよ」

「そりゃー目くらい飛びだしますって！　モモヒナさん、めちゃんこ強いんですから！　あなた、よくまだ生きてますね!?」

「……手加減してもらったんで」

「ですよねぇー!?　じゃないと今ごろあなた、魚の骨になってます。あ、僕が生まれた村では、死んだサハギンの遺体を湖に沈めて魚の餌にする風習があって、村ではその魚をとって食べるんですけど、これって気持ち悪くないですか？　気持ち悪いと思うでしょ？」

「ちょっと、抵抗はあるかな……」

「ですよねぇー!? 僕はずっときもいと思ってたんですよ。ともあれ、魚の骨になるっていう言い方はこういうところから来てるって話なんですけどね。豆知識です。トリビア。メモしておかなくて大丈夫ですか?」

「……大丈夫です」

「またまたぁー。メモっといたほうがいいですよ? それともあなた、忘れることはどうでもいいこと、大事なことは忘れない系の考え方をする派閥の人ですか? でも、大事なこともけっこうど忘れしちゃったりしますから! 残念!」

……やばい。

今すぐこのサハギンだか何だかの後ろに回りこんで、首をねじり上げてしまいたい。サハギンの体の構造はよくわからないが、まず間違いなく首には重要な神経があるだろう。そこに一瞬で大きなダメージを与えれば、さぞかしすかっとするのではないか。ハルヒロはあの馬鹿にだいぶ鍛えられて、ウザさには人並み以上に耐性があるほうだと思うのだが、ギンジーのウザ・レベルは人間離れしている。半魚人だけに?

「すみません。一つ訊《き》いてもいいですか」

「はいはい。しょうがないですねぇ。僕に答えられることならまあ、答えてやらないでもないかなぁ? どうしよっかなぁ。新入りだしなぁ。所詮、下っ端だからなぁ」

「……あ、やっぱいいです」

「訊けよぉ！　そこは訊いとこうよぉ！　あなたまだ若いんでしょ!?　僕だって若者ですけど、そんな意気込みでこの先やっていけるほど、世の中甘くないんですからねぇ!?」

「いや、でもなんか、質問、忘れちゃって。むしろ、どうでもいいっていうか」

「ぎょっぽーん！」と、ギンジーはエビ反りになった。……魚なのに、エビ反り。と、口に出して言ったら、またこの半魚人を調子づかせることになりそうだ。

「……サハギンの人はみんな、あなたみたいに、……なんていうか、口達者なのかなと」

「ええ、そうですけど何か？」

「……へえ。そうなんですね。サハギンの人にはお会いしたこと、なかったんで」

「うっそぉーん！」

「は？」

「うっそでぇーす！　僕はサハギンでもとりわけよくしゃべるほうどぇーすっ！　わーい、わーい、騙《だま》されたぁー。ぎょっぽーん！　ぎょっぽーん！」

エビ反りしまくるギンジーに蜘蛛殺《スパイダー》しあたりを決めてストレス要因を抹消しようとしなかった自分を褒めてあげたい。

小舟は何度か岸とギンジーの船マンティス号との間を往復した。全員乗船すると、マンティス号は出帆して錨を上げた。

目指すはここから東、やや南寄りの方角にあるエメラルド諸島だ。まあ、ハルヒロたちはまったく目指していないのだが、船に乗るとそんなことを言っていられなくなった。

そう。船酔いである。

ハルヒロたちは舷縁《ふなべり》に仲よく並んで、こみ上げてくる吐き気と闘ったり、嘔吐《おうと》したり、また吐き気と闘ったりした。疲れ果てて寝転ぼうとすると、海賊たちに止められた。横になると、寝ている間はいいが、起きるとさらにきつくなるらしい。適宜、ライムみたいなものを入れた水を飲みつつ、ひたすら我慢する。なるべく下を見ない。そうしていれば、そのうち慣れる、と言うのだが、本当なのか？　信じられないんですけど？

「まあ、吐き気で死んだ人がいるとは寡聞にして知りませんから」

包帯ぐるぐる巻きのジミーはたまにハルヒロたちの様子を見にきてくれた。海賊たちの中で、この人が一番まともかもしれない。

「あなたたちよりずっと軟弱なやつも全員、通ってきた道です。なんとかなりますよ。かく言う私は船酔いの経験がないから、どういうものなのかよくわからないんだけど」

「……酔わない人もいるんですね。体質によるのかな」

「さあ。どうなんだろう。私は不死族《アンデッド》だから、ちゃんと生きてる人たちのことは、どうもいまいちね」

「……あっ。そうなんですね」

ジミーは目と口以外、ほぼ露出していない。顔だけでなく、首や手、指先まで布を巻きつけてある。不死族《アンデッド》の肌はたいてい土気色だ。それを隠すためなのか。でも、この海賊団にはオークやゴブリンがいるのだし、不死族《アンデッド》がいても不思議ではない。それにジミーは、みずから不死族《アンデッド》だと明かした。支離滅裂だ。やっぱジミーもなんだかおかしい。

ユメは半日ほどで慣れてしまい、キイチを連れて船内見学に出かけた。モモヒナにカンフーを習ったりもしているようだ。

ハルヒロ、クザク、シホル、メリイ、そしてセトラは舷縁からなかなか離れられなかった。もちろん、ずっと吐いているわけではないから、話くらいはできる。会話していたほうが楽なような気もするのだが、誰かが気持ち悪くなると、どうしてもつられてしまう。こんな状態では口数が多くなるはずもない。

「そんなんじゃーきみたち、立派な海賊にはなれないよー？　のだー！」

モモヒナに笑われた。まったくそのとおりだと思うので、どうか船から下ろして欲しい。そういうわけにはいかないのが、船の恐ろしいところだ。海上なので逃げ場がない。

天気はよかったものの、波が高く、船が大いに揺れたせいだろうか。結局、船が走りだして三日後、島影が見えてくるまで、ユメとキイチ以外、完全に船酔いから解放されることはなかった。ただ、ほっとすると症状が少し軽くなったので、意外と気の持ちようという側面もあったりするのかもしれない。

ただ、島に近づいてゆくと、どうも様子が変だと感じた。

ギンジーのマンティス号は島の入り江につくられた港へと向かっている。入り江の外に船がうようよしているのだ。港だし、まだ夕方にもなっていない。船が頻繁に出入りしているのならわかる。ところが、動いている船より、停泊している船のほうが多い。マンティス号の乗員たちも、明らかにぴりぴりしている。

この船の船首には、船名どおり、カマキリを象《かたど》った船首像が据えつけられている。モモヒナはしばらく前から船首像の上に立って、微動だにしない。港のほうに目をやっているようだ。落ちそうではらはらするが、モモヒナのことだから怖くなんかないのだろう。

ハルヒロたちは相変わらず舷縁付近にいる。たまたまジミーがそばを通りかかったので尋ねてみたら、「説明するより、あれを見たほうが早いかな」という答えが返ってきた。

ジミーは港のほうを指し示している。

「……鳥？」

ハルヒロは首をひねった。港の上空を鳥のような生き物が旋回している。二羽か、三羽。三羽いるようだ。羽、でいいのか。飛んでいるので、匹はないか。

「だけど――」

「でっかくないかなあ？」とユメが言った。

そうなのだ。鳥にしては、ずいぶん大きい。

セトラが「……ワイバーンか？」と呟《つぶや》いた。なるほど。

たしかに、クアロン山系の北に棲息《せいそく》していて、霧が晴れると千の峡谷《サウザンバレー》に飛来する、あのワイバーンに似ていなくもない。

「エメラルド諸島には大昔から竜が住んでいる」

ジミーあたりが言ったのであれば、ふうん、そうなんだ、と感心して終わるところだ。どうしてメリイがそんなことを。手で口を押さえてうつむいたメリイより、ハルヒロのほうが慌てふためいてしまった。

ハルヒロだけじゃなく、その場に居合わせた者全員が一斉にメリイを見た。

「ああ、それね、あの、なんか、おれも聞いたことあるっていうか、まあ、さらっと聞いたかなっていう程度のあれだから、そういえばそうだよねみたいな、うん……」

「あぁっ！」と、シホルがやけに大きな声を出した。気を遣ってくれたのか。いや、かならずしもそれだけではなさそうだ。海賊たちもどよめいた。

昔からエメラルド諸島に住んでいるという竜が降下しはじめたのだ。竜なら、飛べるとしても羽より頭のほうがふさわしいだろう、三頭のうちの一頭だけだが、おそらく頭部を下に向け、ほぼ垂直に近い角度で、降下というより落下しているようでさえある。

竜はあれよあれよという間に港というか、たぶん港の先の町に到達して、それからどうなったのか。距離があるので、ここからでは確認できない。

「……ようするに」

ハルヒロはまだゆっくりと円を描いて飛んでいる二頭の竜を目で追いながら、絞りだすように息をついた。まただ。もう一頭、急降下を開始した。続けて、最後の一頭も。

町のほうで土煙が上がっているようだ。

海賊の一味になってしまっただけでも途方に暮れている。船旅も最悪だった。それでも、ようやく陸に上がれる。そう思った矢先にこれだ。

「港が竜に襲われてるってこと……？」

7. 宝石と髑髏

三頭の竜は夕方には飛び去った。マンティス号はそれから入港したので、下船して桟橋をあとにするころには、すっかり日が暮れていた。

なんでも、竜は十日ほど前から姿を見せはじめ、七日前からはああして降りてくるようになったらしい。

竜による被害は、港町ロロネアの居住区や商業区、歓楽街部分にまで及んでいる。港では桟橋が一本破壊され、停泊中の船が二隻大破しただけらしい。まあ、だけといっても、あわせて七箇所ある埠頭《ふとう》と桟橋のうちの一箇所が、完全に使えないのだ。船だって、持ち主にとっては一財産だ。ときには全財産のこともある。大損害だ。

そんなわけで、ロロネアはいつもと比べてずいぶん人が少ないらしい。ふだんはあちこちで飲めや歌えの大騒ぎが昼夜を問わず繰り広げられ、不夜城の様相を呈しているとのことだが、実際、そういった賑《にぎ》わいは見られない。

「我が社の基本的なしのぎは、ロロネアのそこかしこで徴収してる各種税だからな」

男は机に腰かけ、開け放たれた窓の外に目を向けている。中年まではいっていないと思うが、なんというか大人の男、といった感じの風貌だ。船乗り風の服装がよく似合っていて、モモヒナやギンジーよりも遥《はる》かに船長っぽい。

　モモヒナたちに連れてこられた館は高台の上に建っていて、二階にあるこの部屋の窓から港を一望できる。湿った潮風はなまぬるい。部屋の中を照らすランプの明かりに引き寄せられたのか、大きな蛾《が》が室内に入りこんできて、天井近くをばたばた飛んでいる。

「住居だの何だのはともかく、桟橋はうち持ちで直さなきゃならねえし。このままじゃあ、商売あがったりだ。よりにもよって、社長とキサラギの野郎がいねえときに、こんなわけのわからねえ騒動が持ちあがるとはな。ツイてねえ」

「いや、そんなツイてないとかぐだぐだ言ってる場合じゃないでしょうが。あなたは専務なんですから！」

　ギンジーの抗議など、どこ吹く風といった様子だ。専務と呼ばれた男はやかましいサハギンを無視し、すがめた目でハルヒロたちをざっと見た。

「新入り、ねえ。海じゃねえな。陸《おか》の匂いが染みついてやがる。おまえら、オルタナの義勇兵か何かか？」

　ハルヒロは即答しなかった。仲間たちも口を開かない。

「おいおい」男は喉を鳴らして笑った。「訊《き》いてんだぞ？　答えろよ。躾《しつけ》がなってねえんじゃねえのか、ＫＭＯ？」

「んーとね、女の子たちにはカンフーを教えたよ！」

「……そうかよ」

「しほるるはびっみょーだけど、他の三人はけっこう強くなるかもだねー」

「いいけどな。弱っちいよりは、まあな」

「あのなあ、ユメ、もっと強くなれると思う?」

不意にユメが訊くと、モモヒナは、にひひーと妙な笑い方をしてうなずいた。

「なれるよー。ゆめゆめはとくに筋がいいかなー? 三、四ヶ月、みっちりみちみち特訓すれば、めっきりガチのカンフリャー! だねっ」

「ほう、ほう。そっかあ。カンフリャーなあ」

「ゆめゆめは狩人《かりゅうど》だよねー。戦士の人よりか、動きの質がやわらかくていいのかなー?」

「ふむう。体はかたくはないかなあ。ユメ、わりとやぁらかいかもなあ?」

「あと、はるぴろろんは盗賊で、くざっきゅんは聖騎士で、しほるるは魔法使いでしょ。めりめりは、うーん、神官だと思うけど、他の職業も経験あるかもだねー。せとらんらんは、隠れ里の人かなー? にゃーちゃんもいるしっ!」

「だいたい義勇兵か」専務は思案げに顎を撫《な》でた。「まあ、根っからの海賊よりは使い途《みち》があるかもな」

「僕も僕も僕も! 生粋の海賊じゃあないですしね! えっへんへん!」

専務はまたもやギンジーを無視した。

「我が社のKMOモモヒナだって、もともと義勇兵なわけだろ」

「見習いだけどねー。きさらぎっちょんと、いっちょんちょんもだよー」

「それが今や、海賊の頭領ってんだから、波乱万丈ってやつだ」

「じゃんかるるんも、海賊の専務だもんねー」

「海賊商会の、な。専務とか言われても、おれは正直、よくわからねえんだが……」

「専務はねー、わりとえらい人だよっ」

「……くっそおおぉ。僕のほうが古参なのに一船長でしかないとはぁぁぁぁぁぁ」

歯嚙《はが》みして悔しがっているギンジーを、じゃんかるるんとかいう名らしい専務も、モモヒナも、一顧だにしない。さすがにちょっと哀れになってきてもおかしくない扱いだが、欠片《かけら》の同情心も引き起こさせない何かがこのサハギンには備わっている。何かというか、そこにいるだけでウザい。いちいちウザすぎる。

「そういえば、まだ名乗ってなかったな」と、専務は肩をすくめてみせた。「おれはK&K海賊商会の専務ってことに一応なってる。ジャンカルロ・クレイツアルだ」

「……初めまして。ハルヒロです」

ハルヒロは代表して一礼した。しかし、ずっと不思議だったのだが、なぜ単なる新入り海賊にすぎないハルヒロたちが、わざわざ海賊商会の重役と対面させられているのだろう。その重役ジャンカルロも、何やってんだおれ、まあいいか、竜も来てるし、めちゃくちゃだし、といったような、投げやり気味で、けだるげで、曖昧な態度だ。

今まで一言も口をきいていなかった包帯ぐるぐるのジミーが進みでて、ジャンカルロに何か耳打ちした。ジャンカルロは、それでようやく納得した、というふうにうなずいた。

「ハルヒロ、でよかったよな、新入り。それでようやく、きみたちは我がK&K海賊商会の一員になったってわけだ。入社おめでとう。経緯はともかく、はい、拍手」

　ジャンカルロが手を拍《う》ちはじめると、モモヒナは「わーい、ぱちぱち」と擬音を口にしながら、ジミーは黙って拍手した。渋々といった空気を醸し出しながら両手を打ちあわせるギンジーは、いったい何様のつもりなのか。まあ、船長様か。

　どうにもとってつけたような祝い方だが、悪い気はしない。——わけがない。

「あぁー、どうも……」と照れくさそうに頭を掻《か》いているクザクや、「ありがとお」と律儀に頭を下げてみせるユメほど、あいにくハルヒロは純真ではない。

　素早くシホルと目を見交わした。シホルもハルヒロ同様、怪しんでいるようだ。顔つきからすると、セトラとメリイも不審がっている。セトラの脚にぴったりと身を寄せているキイチに至っては、もともと警戒モード全開だ。

「……ところで、つかぬことを訊きますけど、その、……K&K海賊商会っていうのは、どういう組織なんですかね。入社？　したってことなら、せめてそれくらいは、教えてもらってもいいんじゃないかと」

「あ？　話してねえのかよ」

ジャンカルロは、しょうがねえな、と吐き捨てるように言ってから、ジミーを見て顎をしゃくってみせた。ジミーはうなずき、ハルヒロたちに向きなおった。

「このエメラルド諸島は、もともとテッド・スカルという大海賊に仕切られていました」

彼が言うには、エメラルド諸島は古くから海賊の楽園と呼ばれ、寄る辺のない海賊たちが安全に寄港できる港であり、骨休みできる休息地だった。エメラルド諸島生まれの海賊もいる。海賊発祥の地だという説もあるくらいなのだとか。

だが、テッド・スカル率いるスカル海賊団が牛耳るようになってから、エメラルド諸島は多くの海賊たちにとって楽園ではなくなった。

スカルは人格者然としていて、物わかりのいい、温厚な海賊船長だと思われていた。体は大きいが白髪白髯《しろひげ》で、初めてエメラルド諸島を訪れたとき、「じじい」と自称していたという。手下たちはスカルを「じいさん」と呼んでいた。

じいさんは揉《も》めごとの仲裁が上手だった。じいさんに儲《もう》け話を持ちかけられ、一稼ぎする海賊が続出した。じいさんは口利きもした。ヴェーレやイゴールといった交易都市、珊《さん》瑚列島《ごれっとう》、赤の大陸にもツテがあった。海賊に何か相談されると、じいさんは決まって「俺は単なるじじいだで、力になれるかどうかわからんが」と前置きしながらも、うまく処理するか、さもなくば解決策を授けた。じいさんはすぐに主立った海賊と顔馴染《かおなじ》みになり、いつの間にか調整役のような立場になっていた。そしてある日、本性を現した。

自分の七十七歳の誕生日なので、冥土の土産に一杯やりたい。じいさんは海賊たちにそう声をかけた。どの海賊もじいさんと差しで飲むものと思い、酒場に足を踏み入れた。そこにはエメラルド諸島の名だたる海賊が雁首《がんくび》を揃《そろ》えていた。なるほど、これはじいさんの趣向か。誕生会というわけか。仲の悪い者と相席する羽目になった海賊もいたが、しょうがあるまい、じいさんの顔を立てて今夜くらいは我慢しようと、一同、乾杯をした。それが彼らにとって最後の酒となった。

海賊たちはばたばたと倒れた。毒入りの酒だったのだ。じいさんは有力な海賊を軒並み騙《だま》し討ちし、一夜にしてエメラルド諸島の独裁者となった。テッド・スカルに忠誠を誓わない者は、例外なくスカル海賊団の海賊たちに捕まえられて処刑された。男はもちろん、女もだった。たった十二歳の娘がスカルの悪口を言った廉《かど》で殺されたりもした。スカル海賊団の代表的なやり口は、耳と鼻を削《そ》いで海に突き落とし、鮫《さめ》に食わせるという残虐きわまりないものだった。誰も彼も震え上がり、スカルに屈するしかなかった。

「そのテッド・スカルを打ち倒したのが！　何を隠そう！　この僕！」とギンジーが鼻息も荒くそっくり返った。「……の、マブダチであるところのキサラギさんと、その仲間たち、というわけですね！　えっへん……！」

「K&Kは、キサラギ・アンド・クレイツアルの略です」

ジミーの口調はじつに淡々としている。もちろん、ギンジーには目もくれない。

「キサラギは役職に就きたがらなかったので、ジャンカルロの妹、アンジョリーナに社長をやってもらってます。彼女はもともと海賊で、スカル海賊団と敵対していたんです」

ジャンカルロは苦笑いをした。

「おれはまあ、キサラギと妹のおこぼれに与《あずか》ったみたいなもんさ。べつに欲しかったわけでもないんだがね」

「……そのキサラギさんとアンジョリーナさんは今、どこに？」

ハルヒロが尋ねると、モモヒナがぴょんと跳ねて、「んーとね、ずーっと、ずーっと、遠くだよー！」と元気よく教えてくれた。

「きさらぎっちょんは、いっちょんちょんとか、みりりゅんとか、はいまりとかと一緒に、しゃっちょーさんのお船で、赤の大陸に行ってるんだー。しゃっちょーさんは、しゅっちょーちゅーっ！　なんだよっ」

「あと三月《みつき》は帰らねえだろうな」ジャンカルロはため息をついた。「それにしてもモモヒナ、おまえさんはなんでキサラギのやつについてかなかったんだ？　赤の大陸には行ったことねえんだろ。いいとこってのとは違うが、一見の価値はあるぜ」

「んんんんー……」モモヒナは天井近くを飛ぶ蛾に視線を向けた。「きさらぎっちょんには、いっちょんちょんも、みりりゅんも、はいまりもついてるし、だいじょぶかなぁーって。かわゆいこには旅させろーっ。おーっ。みたいな？　感じかなー？」

ギンジーが「ぬふふっ……」と気色の悪い笑い方をした。

「複雑な恋愛模様、ですかねぇ？　いいなぁ。青春だなぁ！　僕なんか、生まれてこのかたぜんっぜんもてませんから！　最近はもう、サハギンの女性はあきらめて、人間にターゲットしぼっちゃおうかなとか考えてますからね！　あれあれあれあれ？　ツッコミはナシですか？　僕としてはむしろ、ウェルカムですよ？　ほらほらほらほら言ってくださいよ、人間にはもっともてねーだろって！　さん、はい、どうぞ！」

静かだ。

遠くの波音や、蛾の翅《はね》が天井にぶつかる音くらいしか聞こえない。

誰かが音頭をとったわけでもないのに、このサハギンに餌は一切やらないという方針が徹底されている。考えようによっては、ギンジーのおかげで他の全員の心が一つになっているわけで、ちょっとすごい。

「エメラルド諸島には大昔から竜が住んでいる」

ジミーがそう言うと、メリイがわずかに体をこわばらせた。それは、竜たちがロロネアを襲撃する模様を目撃したとき、メリイが口にした言葉とまったく一緒だった。

「でも、エメラルド諸島の海賊たちは竜と共存してきたんです。そこには暗黙の了解があった。竜には近づかない。もちろん、竜に危害を加えるなんてもってのほかです。竜はある種の海鳥みたいに大型の魚を獲《と》って食べている。島から遠からぬ場所に、竜にとって

絶好の漁場があるんです。その漁場を荒らさない。これだけ守っていれば、竜は海賊を放っておいてくれた。おまけに、堅気の船は竜を恐れてエメラルド諸島には寄りつかない。竜は海賊たちの守り神みたいなものですらあったんです」

「変じゃないか。なぜその守り神が町を襲っている？」

セトラは新入りの下っ端とは思えないくらい堂々としている。彼女の中には卑屈になるという概念がそもそもないのかもしれない。ジミーはべつに気を悪くしたような様子もなく、「ええ、変ですね」と同意した。

「専務、そのあたりの調査は？」

「調べようとしてはいる、だがな……」ジャンカルロは顔をしかめた。「おれには通常業務ってのもあって、それでけっこう忙しかったりもするし、竜が来やがるたびに仕事が増える。おれが手駒として使えるような連中は所詮、荒くれどもだ。ジミー、おまえみてえに気の利いたやつでもいれば、少しはな」

「言い訳ですよね！」

「おい、黙れ、ギンジー。焼き魚にされて捨てられてえか？」

「ギョオッ!?　めずらしく無視されなかった!?　ちょっと嬉《うれ》しい僕がいる！　だけど焼き魚にしておきながら食べずに捨てちゃうって、ちょっとひどくないですかねぇ!?」

「わかりました」

ジミーはしっかりギンジーを無視した。

「船に乗ったり難破したり救助を待ったりするのにも飽きたし、この件は私が受け持ちます。これでも一応、私は課長だし」

「……何課の課長さんなんですか？」

シホルが訊《き》くと、ジミーは「さあ」とわずかに首を傾《かし》げた。

「次長、部長、課長の中から選べと言われて適当に選んだだけだから、よくわかりません。船に乗れば船員より偉くて、船長ほどじゃない。陸《おか》では船長以上、専務以下。社内での序列はだいたいそんなところかな。——で、調査するにあたって、人員が必要です」

ジャンカルロが、好きにしろ、というふうに手を上げてみせ、ハルヒロを一瞥《いちべつ》した。

「ちょうどよかったな」

話が見えてきた。

ハルヒロはジミーが切りだす前に先手を打った。

「いいですよ。手伝います。きっと、海賊の人たちよりはいくらか役に立つんじゃないですかね。ただし、条件があります」

8．ムードは大事な雰囲気で

昔はオルタナの店で値段交渉をする程度のことですら、気が重かった。それが今や、あたりまえのようにまずは吹っかけて、相手からなるべく譲歩を引きだそうとする。我ながら、図太くなったものだと思う。

ハルヒロが最初に出した条件は、海賊を辞める、つまりK&K海賊商会から解雇してもらい、あらためてロロネア竜襲来事件の調査員として期間契約を結ぶというものだった。

何しろ、ハルヒロたちはあのワンダーホールで未知の異界、黄昏世界《ダスクレルム》への出入口を見つけた。さらに、黄昏世界《ダスクレルム》からダルングガルへと迷いこみ、オークの町ワルァンディンから火竜の山に登って艱難辛苦《かんなんしんく》の末、グリムガルに帰還した。霧深い千の峡谷《サウザンバレー》をなんとか抜けだし、紆余曲折《うよきよくせつ》あって海を渡り、このエメラルド諸島にいる。こんな経験をしている者はめったにいないだろう。キャリアからすると、義勇兵というよりプロの冒険家集団だ。冒険家の仕事として竜に関係する調査を行うというのなら、請け負うのにやぶさかではない。ただ、プロにプロの仕事をさせたいなら、プロとして遇するべきだ。

専務ジャンカルロはのんでくれそうな雰囲気だったが、ギンジーが強硬に反対した。海賊には海賊のルールがあり、船長は船員の選挙で決められ、船員が何らかの要求を出した場合は船長が可否を判断する。不服なら、船員は船長に決闘を申し込むのが筋だという。

「あなたたちを子分にしたのはモモヒナさんなんですから、足抜けしたいならモモヒナさんに申し出るべきです！　モモヒナさんは認めないでしょうけど！　ですよね、モモヒナさん、そうでしょう!?」

「ぬー。そだなー。はるぴろろんたちは、あたしの子分だからねー」

「ほぉら！　ほらほらほら！　ということはぁ!?　あなたたちに残された方法は一つですよ！　モモヒナさんと決闘するんです！　勝って正々堂々、海賊を辞めればいい！」

いや、勝てないし。勝てたら、そもそも海賊になってないし。

結局、食い下がりまくって、ハルヒロたちはK&K海賊商会の一員、すなわち海賊の身分のまま調査をし、竜がロロネアを襲撃する原因を突き止めたら報酬を受けとる、という線に落ちついた。

報酬は二つだ。一つは海賊を辞める。もう一つは、船で自由都市ヴェーレまで送り届けてもらう。晴れて自由の身になってヴェーレまで行ければ、オルタナがぐっと近づく。

「……ここが竜に壊された桟橋か」

ハルヒロたちはまず、竜が攻撃した場所を検分することにした。

竜が初めて飛来したのが十日前の午後。その翌日、翌々日も竜は現れたが、ロロネアの上空を飛びまわるだけだった。

そして、七日前の昼前に最初の攻撃があった。それがこの二番桟橋だった。

交渉が終わったあと、すぐに館を出たので、まだ夜だ。明るくなると竜が飛んでくるらしいから、暗いうちに動かざるをえない。船旅というか船酔いでだいぶくたびれているが、まあ死にはしないだろう。

二番桟橋は、Ｆの字みたいな形をしていたらしい。ハルヒロはしゃがんで足許《あしもと》をランプの明かりで照らした。下は海だ。ここはＦの縦線の根元あたりに位置する。竜がここに降りたのか。橋板はもちろん、橋桁も破砕されている。橋脚も何本かへし折られたようだ。

「どう？」

すぐ隣でメリイが膝を曲げ、髪を耳にかけた。

「うん……」

ハルヒロは「ひどいね」とかなんとか、適当な答えをぼそぼそと返した。

竜による被害は広範囲に及んでいるから手分けすることにして、ハルヒロは二番桟橋にやってきた。港までは案内なしで行けるし、破壊された桟橋は一つだけだから、すぐにわかる。ハルヒロ一人でも大丈夫なのだが、セトラとキイチをセットにすると六人なので、二人ずつの三組に分かれようという話になった。ハルヒロとしては誰が相棒でもよかったが、なぜかシホルとユメ、クザクとセトラとキイチの組がさっさと決まってしまい、じゃあメリイと、という案配になった。それはそれで、まったく問題はないんだけど。

「船が壊されたのも、ここなんでしょう」

メリイはふだんどおりだ。少なくとも、ふだんどおりに見える。だからというわけでもないが、ハルヒロも平静を保つべきだろう。

「そうらしいね。この栈橋に横着けしてた二隻がやられて、……だけど、それ以来、桟橋も埠頭《ふとう》も、攻撃されてないって話なんだよな」

「船が狙いだったとか？」

「この二番桟橋がやられてから、昼間はどの船も入港しなくなった。船が見あたらないから、桟橋や埠頭を襲わない。……だったら、港の外に避難してる船を標的にするんじゃないかな」

「それもそうね。だとしたら、初めにこの桟橋と船が壊されたのは、ただの偶然だったのかな」

「そうかもしれない。……し、そうじゃないかもしれない。今のところはまだ、なんとも言えないね。ただ、港が一回きりっていうのは、ちょっと引っかかる」

ハルヒロは橋板の上にランプを置いた。一つ息を吐く。

竜についてもっと知りたい。そのへんはむろん、ジミーに尋ねたが、じつはエメラルド諸島を拠点にしている海賊たちも、竜を熟知しているわけではないようだ。というか、下手に竜を知ろうとするべきではないし、知らなくていい、というのが海賊たちの基本的な態度なのだろう。

互いに関知せず、邪魔しないことで、竜と海賊たちはうまくやってきた。今になってなぜ、その関係が崩れてしまったのか。

「……竜じゃないよな。きっと、人間が先に何かしたんだ」

「わたしもそう思う」

「竜はロロネアを襲って、海賊を食べたりしてるわけじゃない。今も竜の漁場で魚を獲ってるらしいし」

「誰かが竜に何かをして、怒らせた、とか」

「でも、それだったら、もっと町をめちゃくちゃにしてもいいような……」

「ごめんなさい」

「え？」

「どうせなら、もっと役立つことを知ってればいいのに」

メリイは自分の膝に顔を押しつけるようにしてうなだれている。

気にしないほうがいいよ、と言うのは簡単だ。でも、気にならないわけがない。メリイの、なんというか、――メリイ自身の、たぶん内の問題なのだ。外のことなら目をそらせばいいが、内となるとそうはいかない。

相談に乗るからさ。話してみない？　打ち明けるだけでも、少しは楽になるかもしれないし。どんなことを聞いても、平気だし。そこは心配しなくていいし。

言葉は無数に浮かぶ。どれも安っぽかったり、軽薄だったり、ずれているような感じがしたりして、なかなか口には出せない。

声をかけるよりも、たとえば彼女を抱きよせてみるというのはどうだろう。

いや、それって、ただ自分がそうしたいだけだよね？　しかも、弱みに付け込もうとしてない？　だけれど、メリイはおそらく弱っているわけで。励ましたい。元気づけるのは悪いことじゃないと思う。いやいや、だからってそれがなんで、抱きよせるとかそっちのほうになるわけ？

いったいどこからどこまでがメリイのことを思っていて、どこからどこまでが自分の欲求や願望なのだろう。

いっそ、切り離してしまえればいいのに。ひたすらメリイのことだけを思いたい。自分のことなんかどうでもよくて、純粋にメリイのため、ただそれだけを考えることができたら、どんなにいいか。

あらためて、ハルヒロは思う。メリイのことが好きなんだな、と。

本当に好きだからこそ、この好きという気持ちを消してしまいたい。自分自身の感情を完全に排除して、メリイにとって何が一番いいか、しっかりと判断できたらいいのに。ふれたいとか、どうしたいとか、こんなふうになればとか、あとからあとから湧き上がってきて、打ち消せない。そんな自分なんか、いなくなってしまえばいい。

「竜にくわしい人が、どこかにいるはず」

メリイは顔を上げてハルヒロのほうに向け、微笑《ほほえ》んだ。

「ここは海賊の楽園でも、海賊だけの島じゃない。もともとこの島に住んでいた人たちもいる。……と思う」

「そうだね」

ハルヒロは動揺を押し隠してランプを手にとり、立ち上がった。エメラルド諸島だ。島がいくつもある。先住民くらいはいるだろう。知らなくても、その程度のことは推測できる。そうだ。たとえ知らなくたって――。

あの無神経な馬鹿ならきっと、いいじゃねーか、自分が知ってるわけねーこと知ってたり、使えるはずもねー魔法が使えたりして、便利だし、とでも言いそうだ。そんなふうに軽く受け止めたほうがいいのだろうか。そうすれば、メリイも思い悩まずにすむのかもしれないし。言えないけどさ。いいじゃないか、なんて。さすがにそれは。

ハルヒロたちは夜が明ける前にはユメ組、クザク組と合流した。とりあえず町から離れていれば、竜による被害からまぬがれる可能性が高い。ロロネア郊外の砂浜で、K＆K海賊商会のジミー課長を交えて情報を整理した。

もう日付が変わっているので、八日前が竜の襲撃初日ということになる。このとき竜は一頭だけだった。二番桟橋が破壊され、船二隻が大破。死傷者は三十人ほどだった。

七日前も竜は一頭で、歓楽街が襲われ、酒場が三軒全壊した。負傷者は二十人ばかり、死者は一人もいなかった。昼日中で、酒場にあまり客がいなかったせいだろう。

六日前は市場や商店が密集する商業区に二頭の竜が舞い降りたため、もっとも大きな被害が出た。十人以上が死に、傷を負った者は百数十人に及んだという。

五日前からは、三日連続で居住区の住宅が二頭の竜によってぶち壊された。二十軒以上が全半壊。死傷者も五十人を超えた。

おとついは竜が初めて三頭出現した。この日は歓楽街の酒場二軒、居住区の住宅十軒以上が損害を被った。死傷者はそれほど多くなかったようだ。

そして、昨日も竜は三頭、八軒の住宅が薙《な》ぎ倒され、市場がほぼ壊滅した。ただ、老人以外はおおかた避難していたので、死傷者は少なかった。

なお、竜は日が昇りきってから飛来する。ずっとロロネア上空を旋回しているわけではなく、ふらっと漁場へ向かうこともあるようだ。町への襲撃は日に一度か二度しか行わず、日が沈む前に帰ってゆく。

海賊たちは本当に竜のことをよく知らないらしい。

エメラルド諸島は本島とも呼ばれるエメラルド島と、その東に並ぶ三つの島、クヌ島、レマ島、ホス島、それから小さな島々で構成される。竜は本島の北、竜の巣と呼ばれる場所に棲息《せいそく》しており、ロロネアは南端近くの入り江にある。

竜の漁場はロロネアの南東二、三十キロの海域だ。ロロネアでは竜たちが漁場へ向かう姿が毎日のように目撃されていた。竜が複数頭いることは皆、認識していたようだ。しかし果たして、正確に何頭いるのかというと、誰もわからない。

この島に棲《す》む竜はまさしくエメラルドのような鱗《うろこ》を持っている。エメラルド島という名の由来もそこにあるらしい。翼があり、飛ぶ。漁場で魚を獲《と》って食べる。大きさは、翼を広げた状態で三十メートルほどもあるようだ。もっとも、個体差がある。大きな竜は年長で、小さな竜は若いのだろう。ひょっとしたら、親子なのか。

海賊たちの竜に関する知識はその程度でしかない。

そのうち日が昇った。三頭の竜が飛んできて、ロロネアの上を旋回しはじめた。

「殺せないのか？」とセトラが言いだした。

「あ、それは俺も思ったんすよね」

クザクは長い脚を投げだして砂浜に座っている。その脚を枕にしてキイチが体を丸め、目をつぶっているところを見ると、もしかして眠っているのか。いつの間にか仲よくなったんだね？

「町を襲いにくるのは三頭なんでしょ。なんとなくだけど、おっきいやつ一頭だけでも仕留めれば、来なくなったりしないかなぁ、とかね」

「……一番危ない目に遭うのは、クザクくんだよ？」

シホルが指摘すると、クザクは「それはそうなんすけど」と唇をひん曲げて、片方の眉だけ吊《つ》り上げた。

「俺がガツッと止めちゃえば、みんながなんとかしてくれんじゃねーかな、みたいな？」

「適当すぎ……」とメリイが呟《つぶや》いた。

「いや、マジでやるってなったら、俺だってもっとガチで考えるよ？　何だろ。選択肢の問題っつかさ。竜を倒しちゃうっていう手はないのかなって」

「リスクはなるべく冒したくないな……」

ハルヒロが顔をしかめると、ユメが弓で矢を放つ仕種《しぐさ》をしてみせた。

「矢ぁはどうなんかなあ？」

「鱗が硬くて、矢が通らないんです」というのがジミーの答えだった。「ちなみに、弩《いしゆみ》で竜を射た勇敢で愚かな海賊は、全員死にましたよ。魔法はどうかわからない。やってみたいなら、どうぞ。私は止めません」

「……銃は？」

ハルヒロが訊《き》くと、ジミーは微《かす》かに首を横に振った。

「赤の大陸に行ったキサラギたちは何丁か持っていますが、我々の手許にはあれ一丁だけなんです。それに、弾薬がない。私が把握している限りでは、あなたがたに威嚇射撃したときに撃ったので最後のはずです」

たとえ弾薬があっても、たった一丁ではどうにもならないだろう。いや、何丁あっても一緒か。竜に飛ばれてしまったらたぶん、当たらない。

「じゃあ、竜にくわしい人に心当たりないですか。海賊でもいいし、海賊じゃなくてもいいんですけど」

ジミーはしばらく考えてから口を開いた。

「なくはない。この島に海賊がロロネアを築く前から住みついていた連中がいます。ルナルカという種族なんですが」

エメラルド諸島の先住民ルナルカは、本島の密林地帯と、レマ島、ホス島、いくつかの小島に土着している。ルナルカも竜と同じく謎めいた種族で、その実態はほとんど明らかになっていない。ただし、海賊たちと対立しているわけではなく、物々交換などを通じて交流はある。稀《まれ》に若いルナルカがロロネアに出てきて、海賊になることもあるのだとか。

「我が社にも一人、ルナルカの海賊がいます。でも、今、私たちが話している人間族の共通語は、ほとんど使えない。オーク語も、それから不死族《アンデッド》のマングイシュも話せません。ルナルカはそもそも秘密主義みたいだし、どうかな。たいして役には立たないかも」

なんにせよ、会って話をしてみたい。ハルヒロが頼むと、ジミーは請け合って、午過《ひるす》ぎにそのルナルカを砂浜に連れてきてくれた。さしあたって挨拶をしようとしたら、竜がロロネアに降下しはじめた。

「アァッ。エトヮア、ウナカイ、ニェ、シャタァ……」

ルナルカはそんな言葉らしきものを口にしながら、両手で自分の胸を押さえて何度も頭を振った。男性なのか女性なのかもわからない。一言でいうと、キツネに似ている。少なくとも、顔というか頭部はキツネそっくりだ。船員風の服を着ている。体形は直立二足歩行する人間やオークなどに近いが、胴の長さのわりに手足が短い。全身が毛に覆われているようだ。ズボンの尻の部分に穴をあけ、そこから尻尾を出している。

一頭の竜がロロネアに降りて、土煙が上がった。あとの二頭はまだ上空にいる。

「ナャラァ、ナャラァ……」

ルナルカは嘆いているのか、恐れおののいているのか。

「やっぱ殺すのは無理っぽいかな……」

クザクがぽつりと言うと、ルナルカが「ハァッ」と目を剝《む》いた。

「コロス？　ナァ。コロス。ナァッ。ドラァガ、エトヮナ、ヴィトァ、シェ、グァダァ」

「いや、何言ってっか、さっぱりわかんないんだけど……」

「コロス、ドラァガ、ナァッ」

「竜を殺すのはよくないって、言ってるのとちがうかなあ？」

「えっ、ユメサン、このヒトの言ってること、わかんの？」

「んーん。わからんけどなあ、雰囲気で？　かなあ？」

「コロス、ドラァガ、ナァッ」ルナルカはユメに向かってうなずいてみせた。「コロス、ナァッ。リュー。ドラァガ。コロス、イイ、ナイ」

ユメの雰囲気通訳によると、ルナルカの名はツィハといい、男と女の中間だという。ルナルカの子供は成長すると男か女かを選択する。ツィハはどちらも選んでいないが、子供の年齢ではないから、男と女の中間ということになるらしい。

ルナルカは大昔からエメラルド諸島に住んでいた。その後、男のドラァガと女のドラァガ、つまり、竜のつがいがやってきた。それ以来、ルナルカの暮らしがよくなったので、ドラァガは神の使いなのだとか。

ルナルカが悪さをして、ドラァガを怒らせたことが過去に何度かある。くわしいことは話せない。恐ろしいことを言うと、ゲゥグゥが現れて病気になってしまう。ゲゥグゥは真っ黒く、夜の闇に紛れて忍びよるので、その姿を見ることはできない。ただ、ゲゥグゥが近よってくると冷たい風が吹くので、すぐにわかるのだという。ルナルカの秘密主義は、どうやらゲゥグゥのせいらしい。

これはハルヒロも同意見なのだが、ツィハが言うには、誰かが何かよくないことをし、それでドラァガは憤っているのだ。もしルナルカの仕業なら、ドラァガはルナルカが住む森を襲う。ロロネアが狙われているということは、きっと海賊がしてはいけないことをしたのだろう。

ない。ゲゥグゥが怖いのだろう。

「わるい！　ドラァガ！　おこる！　ぷんぷん！　なに？　ぷんぷん！　なにしたら、ドラァガ、ぷんぷん！　おこる？」

ユメが何度、身振り手振りを交えてそう質問しても、ツィハは口をつぐんで教えてくれない。ゲゥグゥが怖いのだろう。

三頭の竜はひとしきりロロネアで暴れると、飛び立ってまた旋回を開始した。

住民の大多数は当然、竜が来ると思っているので、昼間は市街地から離れている。度胸試しと称して町に居残っている者や、かまわず飲酒しつづけている飲んだくれも中にはいるようだが、人死にはたぶん出ていないだろう。建物や道などの被害はなかなかおびただしいものがあるとはいえ、やはり竜は本気を出していない。まあ、竜の気持ちや思考なんてわかるはずもないのだが、どう考えても加減しているとしか思えないのだ。そうでなければ、ロロネアはもっと大変な、ひどいことになっている。K&K海賊商会をふくめた全海賊が、とっくにこの島から逃げだしているだろう。

ところが、そうはなっていない。

なぜなのか。

9. 渚のサンセット

……なんか、楽しそうだな。

聞こえる。

どこかで声が。

それから、波の音も。

目を開ければいい。そうしたほうがいいのだろう。でも、開けたくない。

もちろん、いつまでも瞼《まぶた》を閉じたままでいるわけにはいかない。それはわかっている。

だけど、あと少し。

もうちょっとだけ、このままでいたい。

ようするに、眠いのだ。身も心も疲れきっている。そりゃそうだよ。船では、船酔いのせいでろくに眠れなかったわけだし。ようやく陸地だと思ったら、またとんでもないことになっていて。だから。

そうだった。

竜がわりと早めに飛び去ってくれたから、仮眠でもとっておこうかなって。夜は夜で、やらなきゃいけないことがあるような気がしたし。もうよくわからないんだけど。頭が回らなくなっていて、限界っぽいな、と感じた。悪いけど、ここでちょっと寝ていいかな。

そう言うと、誰も反対しなかった。——と思う。たぶん。微妙に記憶が曖昧なんだけど。すぐそこらへんに横になって、寝入ってしまった。

まだ暗くなってはいない。それとも、一晩寝て、夜が明けたのか。いや、それはない。そうだとしたら、もっとすっきり目が覚める。夢は見なかった。少なくとも、覚えていない。だんだん頭がはっきりしてきた。

起きなきゃいけないのかな、もっとぐずぐずしていたい、という気持ちと、起きなきゃ、という意思が、せめぎあっている。

ふう、と一つ息をつくと、「……あれ、もしかして起きた？」と声をかけられた。

「うん」

答えて、目を開けるのと同時に、身を起こす。

この砂浜は南西が海に面している。海の果てから沈みかけの太陽がまだ少し顔を出していて、水面を照らしていた。西の空も海も燃えているかのようだ。

たまに前髪をそよがせる程度の潮風は、相変わらずなまあたたかい。寝汗が乾く暇もなく、汗がにじむ。あっついなあ、と口に出すと余計に暑くなるような気がするので、言わないようにしている。まあ、寒いよりはずっといい。そうはいっても、あっついからなあ。

それで彼女たちは、裸足《はだし》になって波打ち際でたわむれているのだろう。

いや、波打ち際どころか、膝下くらいまで海に浸《つ》かっている。

「ぬわっしゃぁーっ」

ユメが大量の海水を両手ですくい、シホルとメリイ、セトラに向かってぶちまけた。

シホルが「きゃあ！」と叫んでメリイにしがみつく。

セトラは跳び下がるなり、「せいっ！」と鋭く海水を蹴り上げた。

「んにゃっ！」

海水を顔面に浴びたユメが「ぬむむむむー！」とセトラに飛びかかる。

セトラはひらりと身を躱《かわ》した。ユメは「ぷぎゃーっ」と浅い海に飛びこむ恰好《かっこう》になったが、すぐさま跳び上がってセトラの右脚にしがみついた。

「にゃりーんっ」

「ちょっ、おまえ、やめっ」

「ずにゃあぁぁぁぁっ」

「うゎっ」

セトラは海中に引きずりこまれた。水深はせいぜい三十センチといったところだろうが、全身がぐっしょりになるには充分だ。二人は海の中で転げまわっている。

「くっそ、こら、狩人《かりゅうど》、よせ、放せっ」

「ユメのこと、ちゃんとユメって呼んで！　そしたら、放したげるしなあ！」

「誰が呼ぶかっ」

「それやったらなあ、放さないっ」

「しつこいやつめ……！」

二人がもつれあう様子を、シホルとメリイは笑って見物している。——と、思った矢先に、メリイがシホルを「えいっ」と押した。

シホルが「ひゃっ!?」と倒れこんで、ずぶ濡《ぬ》れになった。

「……ひどいっ」

やられっぱなしではいない、とばかりに、シホルがメリイに海水をかける。

メリイも「しょっぱぃっ」と言いながらやり返す。

「はは……」

ハルヒロは心底可笑《おか》しかった。でも同時に、鼻の奥のほうが熱くなって、思わず目頭を押さえた。

クザクが洟《はな》を啜《すす》った。

「……町があんなふうになってるときに、なんだけどさ」

クザクは鎧《よろい》を脱いで、上半身裸になっている。砂の上に投げだした左脚にキイチがもたれかかって目をつぶっているが、耳をぴくぴくさせるところを見ると、どうやら眠ってはいないようだ。

「平和だよね。こんなリラックスしてんのって、いつ以来かなぁ」

「どうだろ」

ずっと張りつめていたわけじゃない。折々に気を休めないと、とてもではないがやってこられなかった。でもたしかに、ここまでみんながくつろいでいる時間はそうめったになかったように思う。

「夏休みみたいだな」

「あぁ……」

クザクは短く笑い、額を手でこすった。「夏休み、か……」と呟《つぶや》き、「うん」とうなずく。

その次の言葉が、なかなか出てこない。

「……夏休みかぁ。意味はさ、わかるんだけど。なんか、違う気がする。うまく言えないんだけど、夏休みって、なんかさ。俺、……何だろうな」

「だな。おれも自分で言っといてあれだけど、なんとなくわかるよ」

「けどやっぱり、夏休みっぽいよね。こういうの、いいよなぁ」

「ほんとに」

「やぁ、でも、女子、元気だよね」

「クザクは眠くない？」

「ここで休んではいたからさ。大丈夫っちゃあ、大丈夫かな」

「……おれ、鼾《いびき》かいてなかった？」

「ちょっとだけ？」

「うわ。マジ？」

「ハルヒロは、俺ら以上にへばってるはずだと思うよ。頭、使ってるしね」

「使えてればいいんだけど」

「俺はぜんぜん考えてねーし。楽させてもらってっから。そのへんは……」

クザクはあくびをして、首をゆっくりと左右に曲げた。

この砂浜には丸太のようなものがごろごろ散乱している。たまに、のっそりと動く。それらは流木のたぐいではない。生き物なのだ。アザラシのようでもあるが、もっと丸々としている。近づくとけっこう大きくてびっくりするが、遠目にはなかなか愛らしい。彼らのような海獣的な動物がのんびりと、しかもたくさん寝そべっているのも、やけに心が和む要因の一つかもしれない。

「潮水でびちゃびちゃになって平気なのかな。淡水と違って、乾けばいいってものでもないような……」

「ねぇ」とクザクは笑う。「最初は足だけって感じだったんだけど。最初にユメサンがだーって行ってさ。みんな、どっかのタイミングでどうでもよくなったんすかね」

「ずいぶん元気なんだな」

不意に後ろのほうから声がしたので、驚いた。

振り向くと、体じゅうに包帯をぐるぐる巻きし、その上に服を着ている不死族《アンデッド》がうずくまっていた。

「……あ。課長。そこにいたんですね。知らなかったんで」

「私もしばらく起きっぱなしだったから、休んでました」

「微動だにしなかったもんなぁ」

クザクはそう言うと、また軽くあくびをした。

ユメが今度はメリイに襲いかかった。油断していたのか、セトラがシホルに脇腹をくすぐられている。

「そういえば、不死族《アンデッド》も寝るんすか？」

クザクの質問はやや不躾《ぶしつけ》なのではないかとも思ったが、考えてみるとそうでもないか。

「寝ますよ」と、ジミーはあっさり答えた。「ただ、あなたがたの睡眠とは違うんじゃないかな。人間は夢というものを見るんでしょう」

「見ないときもあるけどね。え、不死族《アンデッド》は夢、見ないんすか？」

「ええ。滅びる直前に長い夢を見るとも言いますけどね。そんなこと、誰にもわかるはずがない。私たちの眠りは、……どう表現すればいいかな、何もかもがどろっとしている。たとえて言えば、泥沼で溺れているような感じです」

「……かえって疲れちゃいそうな」

ハルヒロがそう言うと、ジミーは顔に巻きつけてある布の具合を確かめながら、「いいものではないですね」と認めた。

「でも、起きつづけていると、だんだんその泥沼が押し寄せてくるんです。眠くなる、ということですかね。どうも私たちは、快と不快でいうと、不快を感じることのほうが遥《はる》かに多い。あなたがたの言葉で言えば、私たちはあまり楽しくないんです」

「わぁ。人間でよかったな、俺」

「クザク、おまえね……」

「あ、ごめん。ジミーサンだって、好きで不死族《アンデッド》なわけじゃないっすもんね」

「そうだね」ジミーは声を立てずに笑った。「私は不死族《アンデッド》が嫌いです。自分自身もふくめて、ね。生き物とは何か。たぶん、成長して、繁殖する、命を持つもの、ということになるんじゃないかな。となると、不死族《アンデッド》は生き物じゃない。命というのは概念的すぎてよくわからないけど、私たちは成長しないし、繁殖もできないからね。私たちは何なんだろうと、いつも考えていた。いっそ、不死の王《ノーライフキング》の呪いで動くうつろなゾンビやスケルトンのように、物を考えなければ楽なのに」

「ジミーサンは人間みたいだなぁ。いや、他の不死族《アンデッド》はよく知らないっすけど」

「私は人間のふりをしているんですよ、クザクくん。どこまでいっても、人間にはなれないのにね」

「……んー。難しいことは、俺にはわかんないっす。けど、ふりでも何でも、そういうふうに見えるんなら、いいんじゃね？　だってさ、ジミーサンは不死族《アンデッド》がいやで、人間みたいなのがいいから、そうしてるわけでしょ。不死族《アンデッド》がだめなのかどうかは、まぁ、措《お》いとくとして」

「ええ。……私は不死族《アンデッド》以外の何かに、なれるものならなりたかった。不可能だけど」

「何だろうなぁ、そういう、意思？　それが大事っつかさ。何族とかより、そっちのほうが重要なんじゃないっすか。どうしたくて、実際、何をしてるかっていう。正直、べつに何族でもいいと思うんだよね。俺はジミーサンのこと、嫌いじゃないっすよ。あんま知らないんだけどさ。感覚的に？」

「そうですか」

ジミーの声音は平板だ。それでも微妙な抑揚や間で感情がうかがえることがある。ちょうど今みたいに。

「私にそのようなことを言った人間は、あなたで二人目です。あなたはきっと、物好きというやつなんだろうな」

たぶん、ジミーは喜んでいるのだと思う。同時に照れていたりもするのかもしれない。

クザクは、物好きというか。

いいやつなんだよな。

考えてみれば、最初のパーティが壊滅して、たった一人、クザクだけが生き残った。とんでもなく過酷な経験をして、どん底から這《は》い上がってきたのだ。しかも、誰かが助けてくれるのを待つのではなく、自分から動いた。ハルヒロには備わっていない前向きさだ。クザクは悲壮感を漂わせたりせず、悲観することもない。メリイに想《おも》いを寄せて、ふられても、変に落ちこんだりしなかった。ていうかね？

メリイ、なんでクザクをふったの？

こんなやつ、なかなかいないよ？　優良物件だよ？　物件ではないか。いやでも、本当に。もしハルヒロが女で、クザクのような男に好かれたら、まあ悪い気はしない。末っ子っぽい気性が若干、頼りなく感じることもあるが、それでいてためらいなく体を張ってみせる。母性本能をくすぐられ、かつ、男らしい。こんなにもいいやつなのに、ハルヒロは一時期、嫉妬していたりもした。自分の心の狭さに悲しみさえ覚える。

「んにぁっ!?　ハルくん、目え覚めたん!?」とユメが叫んだ。

見ると、ユメが「ぬぉーいぃー！」と大きく手を振っている。

ハルヒロは手を振り返した。

「さっき起きたとこ」

「そしたらなあ、ハルくんとクザックくんも来《こ》おへん!?　それから、ジミちゃんもなあ、みんなであっそぼぉー！」

「私は遠慮します」ジミーはさらっと言った。「泳げないので」

「え、海賊なのに……」

「不死族《アンデッド》は沈むんです」

「そうなんですか？」

「私だけかもしれないけど」

「よっし」

クザクは左脚を揺すってキイチが自発的に離れるのを待ってから、立ち上がった。

「行こうよ、ハルヒロ。たまにはさ。リクリエーション？　仲間内で親睦を深めるっつか。そういうのも必要でしょ」

「……かな」

まだ疲れが抜けていないし、本音を言うと億劫《おっくう》だが、ここは空気を読むべきだろう。それに、遊んだら遊んだで、おそらく楽しい。ハルヒロは「よっ」と腰を上げた。

「はいはい、走って、走って」

クザクに手首をつかまれ、引っぱられた。ハルヒロが「おっ……」とつんのめりそうになると、クザクは笑った。いちいち抗議をするのも面倒だ。ハルヒロは逆らわずに足を速めることにした。

「ああ、そうだ、注意してください――」とかなんとか、ジミーが言っている。

「へ、何？」

振り向こうとしたら、クザクがハルヒロを抱え上げて、「おらぁーっ」と海に向かって放り投げた。

「おいちょっ、この馬鹿力っ――」

このへんはまだ、くるぶしくらいまでの深さでしかないが、下は砂なのでやわらかいし、とっさに受け身をとった。でも、全身がすっかり浸水した。ハルヒロは跳び起きた。

「何すんだよクザクおまえ！」

「わははは。つかまえてごらんなさーい」

クザクがやたらと高く腿《もも》を上げ、海水を撥《は》ね上げつつ駆けてゆく。

「待てって！」

ハルヒロは追いかける。クザクは変な走り方をしているせいもあって、あまり速くない。これならすぐに追いつける。

「ちゃーっ！　隙ありーっ！」とユメが後ろから飛びかかってきた。

「見え見えだし！」

ハルヒロは横にステップを踏んで、ユメの突撃を回避する。

急にクザクが回れ右して襲いかかってくるのも、読みどおりだった。

「いっくぜぇ！　ボディースラァーム……！」

「誰が食らうかって！」

横でも、後ろでもない。前へ。ハルヒロは体勢を低くし、両腕を広げて体当たりをしかけてくるクザクの下をかいくぐった。

「ぐはっ」

クザクは海水にボディースラムとやらを炸裂《さくれつ》させる羽目になった。その様子をしっかりと目に焼きつけようとしたのが間違いだったのかもしれない。

「とった……！」と背後から、これは、──セトラの声だ。

ハルヒロは振り返らず、横っ跳びして逃げようとした。遅かったか。

「隠密《おんみつ》の技は別名、忍術ともいう！　空風車《からかざぐるま》……！」

「おっ……──」

何これ。

たぶん背中と腿のあたりをつかまれた。それから、何をされたのか。わからない。とにかく、ハルヒロの体はぐるんっとすごい勢いで横回転した。セトラはこんな体術まで使えるのか。というか、こんなときにそんな技を出してくるなんてずるい。

ハルヒロは浅い海の底に叩《たた》きつけられた。起き上がろうとしたときにはもう、仲間たちに囲まれていた。

「おいおっ、あっ、一対五は卑怯《ひきょう》っ……」

クザクはハルヒロの両腕を、ユメとセトラが右脚、シホルとメリイが左脚をがっちりとつかんでいる。

「せーのっ」

クザクの号令で、ハルヒロの体がまず右方向、岸側に振られる。振り子の要領で思いきり反動をつけて、海側の左方向へ。

「ちょっ、物じゃないいんだからっ——」

「で……！」

クザクが二度目の合図をすると、全員が一斉に手を放した。

うわぁ……。

飛んでる。もしかして、なかなかの飛距離なんじゃないの、これ？

少しだけ怖くはあるものの、けっこう気持ちいいかも。

いやでも、落下しはじめると、途端に恐怖が。

「おおおおおおおおおおおおおおぉぉぉぉぉぉぉぉぉぉぉぉぉぉぉ……！？」

空中でじたばたしたのは、そうしたほうがおもしろいんじゃないかなという考えが頭をよぎったからだ。まあ、それくらいの余裕はあった。

ハルヒロは背中から着水した。だけど、思ったより深くない、ここ？　背が立たないほどではないか。すぐには浮上しないで、少し時間をかけた。

海中から顔を出して、「何すんだよぉぉぉぉぉぉぉぉぉ！」と大声で言うと、仲間たちが爆笑した。クザクなんか、腹を抱えて、涙まで流している。ハルヒロなりにウケを狙いはしたが、そこまでおもしろかったのだろうか。ふだんハルヒロはこういうことをしないから、意外性もあって喜ばれているのかもしれない。こういうのも、たまにはいいかな。たまに、でいいけど。

「くっそおぉぉぉ……！」

ハルヒロは海水をかき分けながら、クザクめがけて突進する。水深が肩くらいまであって、波が来るともっと深くなるので、一生懸命進んでもスピードが出ない。それが滑稽なのか、みんな大笑いしている。

「おーい……！」

ジミーが波打ち際で叫んでいる。彼も見ているうちに加わりたくなったのだろうか。そんな様子でもないような？

寄せくる波とともに、何かがハルヒロのすぐそばをすり抜けていった。一つじゃない。次々と通りすぎてゆく。中にはハルヒロに体をこすりつけてゆくものもいた。生き物だ。砂浜に転がっているあの海獣的な獣たちか。

「あああっ！　ハルヒロッ……！」

クザクが目を瞠《みは》ってどこかを指さしている。

「ハル、後ろ！」とメリイが声を張りあげた。

ユメやシホル、セトラも、それぞれ大声で何か言っている。

「え、後ろ――」ハルヒロは振り向いた。「て、はあああああぁぁぁぁぁぁぁぁ……!?」

何かが大口を開けている。あの海獣的な獣じゃない。別の生き物だ。何だろう。とか、考えている場合じゃない。近い。めっちゃ近いんですけど。食べられるんじゃないの、これ。もしかして、いやもしかしなくても、かなりやばいんじゃないの。

「たぁっ……！」

ハルヒロは謎の気合いを発し、死にものぐるいで左方向に跳んだつもりだが、すさまじい流れに巻きこまれ、何がなんだかわからない。でも、ということは、生きているのか。食べられはしなかったらしい。

巨大な生物が海中を突き進んでゆく。波よりもその生物が作りだす水流が、ハルヒロを翻弄している。サメ？　シャチとか？　たぶん、そのようなたぐいの生き物だ。ハルヒロはぞっとした。普通に死ぬとこだったよ……？

今もまだ死にそうではあるけど。

まずいって。溺れるって。

なんとか海の上に顔を出して息を吸ったら、けっこうな量の海水を飲んでしまった。

「うえぇ、しょっぱぁっ」

クザクたちがギャアキャアギャアキャアわめきながら逃げ惑っている。あの生き物はサメでもシャチでもないのか。浜に上がって、海獣的な獣を次から次へと襲っている。腕のように発達した前脚で獲物を軽々と放り投げたり、陸上でジャンプしてそれにかぶりついたりといった芸当は、たぶんサメやシャチには無理だろう。砂浜で優雅に惰眠をむさぼっていた海獣的な獣たちは、大挙して海へと逃げこんでいる。

「……だめだ。調子に乗ると、だいたいこういう……！」

ハルヒロは陸に向かっているのだが、避難中の海獣的な獣がどんどん追突してきて、思うように進めない。

叫び声が飛び交い、動物たちの吼《ほ》え声、悲鳴が、こだまする。

日は沈もうとしていた。

10・冷たい風

ロロネアの北はすぐ密林だ。といっても、三、四十メートルくらいは樹木が伐採されていて、草っ原になっている。いつもはというか、以前は草ぼうぼうの土地だったらしいが、今はそこに即席の屋台やら露店やらがひしめていて、どうやらどの店も昼夜を問わず営業しているようだ。

ハルヒロたちはこのロロネア北の臨時市場で着替えを買いそろえた。さすがにヨロズ預かり商会の支店はないので所持金は心許《こころもと》ないし、品揃《しなぞろ》えが南国風というか、派手めな衣類が多く、選ぶのに少々苦労したが、どうにか恰好《かっこう》はついた。

竜は怒っている。何者かが竜を怒らせるようなことをしたのだ。誰が何をしたにせよ、竜は巣と漁場を飛んで往復するとき以外、姿を見せなかった。竜に何かをするとしたら、基本的には巣に入りこまないと無理だろう。竜の巣に近づこうとしたら、密林を通るはずだ。密林にはルナルカが住んでいる。ルナルカなら何か知っているかもしれない。

ハルヒロたちはルナルカの海賊ツィハの案内で、北の密林に足を踏み入れた。

ツィハ曰《いわ》く、というかユメの雰囲気翻訳によると、ルナルカはとりたてて秘密主義というわけではないが、内気なことは間違いないようだ。呼んでもまず出てこない。しかし、こちらから出向いて丁寧に頼めば、話を聞いてくれるルナルカも中にはいるだろう。

ついでに言うと、ルナルカはだいたい午過《ひる》ぎに起き、宵っ張りなのだそうだ。会いたいなら、かえって夜のほうがいい。ツィハは親族がいる村までなら案内できるという。

ちなみに、ジミー課長には別途、何か竜に関係する噂《うわさ》がないか、調べてもらっている。

竜はなぜ怒っているのか。ハルヒロには見当もつかないが、竜は見境なく大暴れしているわけではない。報復としても、少々手ぬるいのではないか。たとえば、脅している、とか。絶大な力を見せつけて、ロロネアの人々に何かを迫っている。そんなふうには見えないだろうか。

じつは、ぱっと思いついたことが一つだけある。

卵、もしくは、幼竜だ。

何者かが竜の巣に忍びこんで、竜の卵か子供を盗みだしたのではないか。

竜の生態や能力がわからないから、想像でしかないが、竜は卵か子供の匂いを追って、ロロネアの町に隠されていることを突き止めた、とか。それで我が子を返せと、言葉で伝えることはできないので、態度で示している、とか。

竜の子供がどの程度の大きさなのか知らないが、成体はあのとおり巨大だから、そう小さくはないだろう。鳴いたり暴れたりもしそうだし、卵のほうが現実的だろうか。あるいは、すでに幼竜は死んでいるのだが、親竜はまだ生きていると思っている、とか。

しかし、竜の卵や幼竜に、危険を冒してまで盗みだす価値が、果たしてあるのか。

その点については、ないとは言えない、というのがジミーの見解だった。正真正銘の本物であれば、卵や生きた幼竜はもちろん、たとえ幼竜の死骸であっても、欲しがる者はごまんといるだろう。

ロロネアは海賊の町だが、海賊と取引のある商人も訪れる。そうした商人の船や海賊船に、しばしば海の物とも山の物ともつかない男女が紛れこんでいたりもする。トレジャーハンターというか、例を挙げればララ&ノノのような山師的な人物が、本来は禁域である竜の巣に踏みこんで、竜の卵か幼竜を持ちだした。ありえない話ではない。

仮にそういったことが実際にあったのだとしたら、何か見聞きしている者が一人や二人いてもおかしくはない。竜が港を一度しか攻撃していないという点も気になる。これも想像の域を出ないが、そのとき犯人は卵か幼竜を持って二番桟橋にいた。それか、桟橋に停泊中だった船に乗っていた。犯人は危ういところで難を逃れ、町に潜伏した。それ以降、竜はロロネアを襲い、卵か幼竜を返せ、さもなくば、と脅しつけている、とか。

証拠はないので、繰り返しになるが、以上はあくまでハルヒロの想像でしかない。

ただ、何者かが竜に何かよくないことをした。その何者かはロロネアにいる。少なくとも、ロロネアにいた。そこまではまず間違いないだろうとハルヒロは踏んでいる。

その何者かが賢ければ、まったく痕跡を残していないかもしれない。尻尾をつかむことはできなくても、尻尾の毛の一本くらいはどこかに落としているかもしれない。

夜の密林はなかなか恐ろしい場所だが、ハルヒロたちにはダルングガルや千の峡谷《サウザンバレー》での経験があるし、案内役のツィハもいる。獣の鳴き声を聞いたり、気配を感じたりすることは数回あったが、とくに何事もなく、二時間ほどは歩いただろうか。

「まだ時間かかる感じっすかね」

クザクがそう言うと、ユメが「じかん？　かかる？　まだ？」とツィハに訊《き》いた。それって単語に分解しただけじゃないの。ツィハは「モスコシ」と答えた。

やがて前方に火のようなものが見えてきた。たぶん松明《たいまつ》か何かだろう。近づいてゆくとそれは篝火《かがりび》で、そばに一人のルナルカが立っていた。ツィハがルナルカの言葉で挨拶をすると、相手のルナルカも一言返した。

「キテ。コッチ」

ツィハが手振りで篝火の先を示してハルヒロたちを先導した。篝火の脇に立っているルナルカは、ツィハと同じように衣服を身にまとい、弓と矢筒を肩に掛け、腰に鉈《なた》を差していた。通りすぎるまでハルヒロたちから目を離さなかったが、敵意のようなものはとくに感じない。でも、何か妙だ。いったい何が妙なのだろう。はっきりとは言い表せないが、何か引っかかる。

「ツィハ」

ハルヒロが声をかけると、ツィハは「ンー？」とすぐに応じた。

「ルナルカの村には、よく帰るの？」

「イヤ」

「くそ」

ハルヒロは思わず罵りながら、素早く動いた。ダガーを抜き、ツィハに組みついて、喉元に刃を突きつける。

「ハルくん!?」

「え……」

驚いているユメやクザクに「警戒！」と指示を出して、暴れようとするツィハに「動くなよ」と脅しをかけた。

「わかるよな？　おれの言ってること。最初からぜんぶわかってるだろ。おれたちを嵌《は》めようとしてるな？」

ツィハは抗《あらが》おうとはしなくなったが、返事もしない。

何者かが近づいてくる。さっき篝火のそばにいたルナルカだ。弓に矢をつがえて引き絞っている。

セトラがキイチをそっと闇の向こうへと進ませようとしたら、ルナルカが矢を放った。キイチは、きっ、と叫んで跳びのいた。紙一重のところで矢をよけたようだが、危ないところだった。ルナルカは次の矢を用意している。あのルナルカはかなりの射手だ。

「……抜かったな」とセトラが呟《つぶや》いた。

そんなつもりはなかったのだが、気がゆるんでいたのか。

メリイが「他にも……」とだけ言った。

シホルは身構えて、ゆっくりと息を吐いた。

前方から、そして右から、左からも、物音が聞こえる。あえて足音を忍ばせていない。

ここにいるぞ、ここにもいるぞ、とハルヒロたちに伝えようとしている。

クザクが大刀を抜こうとしたら、弓矢を構えているルナルカが「イァンナッ」と怖い声を出した。

「クザク」

「ケン、ヌクノダメ」ツィハが低い声で言う。「ヤ、ウツ。ドクノヤ。スグ、シヌ」

ハルヒロが首を横に振ってみせると、クザクは大刀の柄《つか》から手を放した。

「おれたちを殺すのか？」

「ツィハ、キメル、ナイ」

「誰が決める？」

「パパ」

「……お父さん？」

「ツィハノパパ、カムシカノリーダー」

「族長みたいなものか。……てことは、ツィハは族長の跡継ぎ？」

「アニ、イル」

どうやら、ハルヒロたちをひそかに包囲して罠《わな》に掛けたルナルカたちの統率者は、その兄らしい。なんとなくツィハと似ているが、もっと背が高く、がっちりしているルナルカが進みでてきて、彼らの言葉で何か言った。ツィハの通訳によると、抵抗しないでおとなしく従えばまだ殺さない、とのことだ。まだ、とはなんとも不吉だが、ツィハの兄は十人以上のルナルカを指揮しているようだし、どうもその全員が弓矢でハルヒロたちに狙いをつけている。矢に致死性の毒を塗っているというツィハの言葉を疑う根拠はない。ひとまず言うとおりにするしかなさそうだ。

ハルヒロたちは縄できつく後ろ手に縛られ、連行された。キイチは最初、近づくルナルカを牙を剝《む》いて威嚇したが、セトラが「よせ、キイチ」と制止すると黙って緊縛された。灰色ニャアはルナルカに担がれ、荷物のように運ばれた。

途中、「まいったな、なんでこんなことに……」といったようなことをぶつぶつ呟いていたセトラが、「あっ」と何かにつまずいてハルヒロに軽く追突した。ルナルカに「イァンナッ」と注意された。

「すまない」

セトラは素直に謝罪してハルヒロから離れた。

おそらく三十分ほどで篝火がいくつも点《とも》る村らしき場所に着いた。樹木の上につくられていて、高床式と呼べないこともない建物が、どれくらいあるのだろう。ちょっとよくわからない。昼間でも木々に紛れて判別しづらいのではないか。ただ、決して小さい集落ではなさそうだ。

大勢のルナルカがハルヒロたちを待ち構えていた。数十人ではきかない。百人以上だ。二、三百人はいる。体格からすると、大人だけではない。子供も交じっている。彼らが身につけている衣類はたぶん、ロロネアで手に入れたものだろう。見たところ、それを彼らの体形に合うように直して着ているようだ。

どのルナルカも、背丈に見あうサイズの弓と矢筒を肩に掛けている。それに加えて、鉈やナイフ、湾刀のたぐいを帯びているルナルカが大多数だ。

顔は誰も彼もキツネだし、体の大きさでしか老若の区別がなかなかつかないが、ひょっとすると被毛の量は年齢に比例して増えるのかもしれない。小さなルナルカは毛が少なく、老人とおぼしきルナルカはやけにもこもこしている。

ハルヒロたちは、広場の真ん中に焚《た》かれている大きな篝火の前に座らされた。

ツィハと、その兄だろうがっちりしたルナルカが、何か話しこんでいる。他のルナルカはハルヒロたちを遠巻きにして見物しているようだ。ロロネアに行くルナルカは少数で、他はあまり外界と接触がなく、人間がめずらしいのかもしれない。

「……ツィハは、はじめからユメたちのこと、騙《だま》してたんかなあ」

　ユメはうなだれて、見るからに落ちこんでいる。

「とくに私たちを騙していたわけじゃないだろう」

　背中に回した両手を固く結びあわされているのに、セトラは平然と正座して背筋をのばしている。隣に座っているキイチがセトラの姿勢を真似《まね》していて、ちょっとおもしろい。

「何か魂胆があってK&K海賊商会にもぐりこんでいたのかもしれないが、人間の言葉をほとんど解しないふりをしていたほうが、好都合だったんだろうな」

「ユメ、あんなにいっぱいツィハとしゃべってたのになあ、ぜんぜん、さっぱり、気づかなかったなあ……」

「いやぁ」とクザクが苦笑する。「それはほら、ユメサンだけじゃなくて、俺らも一緒だしね？　ユメサンが通訳してくれんの見てて、なんっか怪しいなぁとか、これっぽっちも思わなかったわけだしさ」

「ぬぅー。ユメ、ぼけぼけやんなあ……」

　不意にルナルカの人垣が割れ、ひときわもふもふしたルナルカが、いちだんと大柄なルナルカを伴って現れた。

　二人がハルヒロたちの手前で足を止めると、あたり一帯が静まり返った。

　もふもふルナルカが何か言う。大柄なルナルカがそれを通訳した。

「人間が森に立ち入る。ルナルカは許さない。おまえたち、悪い人間だ」

ツィハよりも流暢《りゅうちょう》だったから、少し驚いた。

それにしても、あのルナルカはでかい。クザクよりも上背がある。上半身には袖のないチョッキみたいなものしか着ていないが、胸回りがとてつもなくて、今にもはちきれそうだ。首や肩、腕も太く、他のルナルカたちとは体つきが違いすぎる。顔はキツネだが、本当に同じ種族なのか。

「おれたちは悪い人間じゃない」

ハルヒロはそう口火を切ってから、もふもふルナルカと大柄ルナルカを順々に見た。

「いいですか、説明しても」

大柄が通訳し、もふもふがうなずく。大柄が「言え」とうながした。ハルヒロは一つ息をついた。

「……竜がロロネアを襲っていることは、あなたたちルナルカも知っているでしょう。おれたちは、誰かが竜を怒らせるようなことをしたせいだと思っています。その誰かを探している。何をしたのか、突き止めたい。きっと、その誰かは、竜の巣に入って、何かを盗んだんじゃないかと考えています」

大柄はもふもふに耳打ちして、ハルヒロの話を伝えている。恐ろしいことを言うと、ゲゥグゥとやらが来て病気になるとツィハが語っていた。たぶん、竜の怒りに関係する事

柄はゲゥグゥを呼びかねないと、ルナルカたちは信じている。だから、大柄は他のルナルカに聞かせないように、声をひそめているのだろう。

もふもふも大柄に何か囁《ささや》いた。大柄はうなずいて、ハルヒロを睨《にら》んだ。

「おまえは悪い人間。おまえの言葉、冷たい風を呼ぶ」

ゲゥグゥが近づいてくると冷たい風が吹くので、すぐにわかるとか。禁忌の話題を口にしている時点で、ルナルカにとってハルヒロは充分、悪い人間だということか。これはひょっとしたらひょっとして？　マジで殺されちゃうかもしれないんじゃ……？

いや、まだそこまで差し迫ってはいないだろう。これは切り抜けられないような絶体絶命の危機じゃない。――と思う。勘でしかないわけだけど。

「悪い人間はおれたちじゃなくて、他にいる。今もまだ、ロロネアに隠れてるんです。悪いことをしたのはそいつだ。放っておいていいんですか」

「それはおまえたちの問題。ルナルカに関係ない」

「おれたちはちょっと手を貸して欲しいだけです」

「ルナルカは関わらない」

「このままだと、海賊たちはロロネアを捨てますよ。あなたたちだって、ロロネアがなくなったら困るはずだ」

「昔、ロロネアはなかった。ルナルカは困らない」

大柄はもう、もふもふにいちいち通訳しない。もふもふが族長のような存在だとしたら、大柄はその後継者なのかもしれない。それか、大柄が族長、つまり、ツィハのパパで、もふもふは長老というか、会長的な立場の前族長だとか。

なんにせよ、どこまでつついても大丈夫なのか、判断が難しい。大柄を激怒させたら即刻、処刑という可能性もある。攻めずに下手に出て、助命を嘆願したほうがいいのか。

「パパ」と、ツィハが進みでて、もふもふにルナルカの言葉で何やら話しはじめた。やはりあのもふもふがツィハの父親らしい。

「ツィハ！」

大柄がツィハを叱りつけた。ツィハは大柄に何か反論して、さらにもふもふパパに言いつのる。どうもツィハはハルヒロたちを弁護してくれているようだ。ハルヒロたちを罠に誘いこむような真似をしておいて、今さら何だと思わなくもないが、味方になってくれるのなら助かる。

がんばれ、ツィハ。決裂してしまったら、ハルヒロたちは最悪、実力行使に踏みきらないといけない。そうなれば、お互い無事ではすまないだろう。子供もいるし、できればそれは避けたい。

ツィハはまだ熱弁をふるっている。

ハルヒロは周囲の様子をうかがった。いざとなったら、どう動くか。

じつをいうと、ハルヒロは剃刀《かみそり》のような小刀を隠し持っていて、いつでも縄を切れる。この村に辿《たど》りつく前、セトラがわざとぶつかってきて、こっそり手渡してくれた。おそらくセトラも同じものを持っている。ハルヒロとセトラは、その気になれば即座に拘束を解けるということだ。

ルナルカたちはハルヒロらの両手を封じるだけで、武装解除すらしなかった。用心深いとはお世辞にも言えない。毒矢だけは要注意だが、詰めかけているルナルカたちの中に素早く飛びこんでしまえば、誤射の危険性があるから弓矢は使えないはずだ。もふもふ族長を人質にするという手もある。そっちのほうが確実かもしれない。

やるとしたら相手の意表を突きたいし、にっちもさっちもいかなくなる前に決行するべきだ。

ハルヒロが動けば、仲間たちは反応してくれるだろう。そこは心配していない。

ツィハがハルヒロたちを指し示して激しい口調で何か言っている。

そろそろか。

まだか。

ミスったら大変なことになる。それはそうなのだが、失敗を意識しすぎると、体が硬くなって最善を尽くすのも難しくなる。ある程度は開きなおるしかない。何がどうなろうと、そのときはそのときだ。

「トゥワンラッ、シッテッ！」とツィハが叫んだ途端、物見高いルナルカたちがどっと沸いて、ハルヒロは少し動揺した。「トゥワンラッ」、「トゥワンラッ」、「トゥワンラッ」、「トゥワンラッ」と、ルナルカたちが足を踏み鳴らしながら口々に唱える。かなり興奮しているようだ。まずい。この雰囲気の中ではさすがに動きづらい。

突然、大柄ルナルカが自分の分厚い胸を叩《たた》いた。

「トゥワンラッ。冷たい風、払う。オレは、カムシカの長《おさ》、パパ・ドゥットの一番の息子、ムァダン！　おまえたち人間、オレと戦え、一対一の決闘！」

ハルヒロは連続で二度、まばたきをした。

「……は？　決闘、――って……？」

「まぁ、俺っすかね」

クザクが立ち上がると、ルナルカたちがいっそう沸き立った。

「トゥワンラッ！」

「トゥワンラッ！」

「トゥワンラッ！」

「トゥワンラッ！」

「トゥワンラッ……！」

「……いやいやいや」

ハルヒロは呆然《ぼうぜん》と「……なんで？」と呟《つぶや》いた。

「え？」

クザクが振り返ってハルヒロを見下ろした。不思議そうな顔をしている。

「だめかな。相手でかいし、やっぱ俺かなって思ったんすけど」

「……そういう問題じゃないんだけど」

ルナルカたちは盛り上がりまくってすでに熱狂しているし、大柄ルナルカのムァダンはチョッキを脱ぎ捨ててあからさまにやる気満々で、クザクも受けて立ってやんぞオラ的な気迫を微妙にみなぎらせはじめている。二人はこれから一対一で決闘するらしい。

だから、なんでだ。

11．全身全霊を見せてみろ

大きな篝火《かがりび》はどけられ、広場には十二個の小さな篝火で円形の決闘場がつくられた。

カムシカ族の長《おさ》パパ・ドゥットと、その長男であるムァダン、そして対戦者のクザク以外は、決闘場に一歩も足を踏み入れてはならない。ハルヒロたちは当然、決闘場の外側に座らされた。

ムァダン同様、クザクは鎧《よろい》を脱がされ、上半身裸になっている。

パパ・ドゥットが両者の身体検査をして、武器になるようなものを一切所持していないことを確かめた。決闘は徒手空拳で行われるのだ。

ツィハがたどたどしい人間の言葉でちょっと説明してくれた。トゥワンラッというのは決闘それ自体ではなく、ゲゥグゥを追い払うために行われる儀式を指すのだという。恐れを知らない男同士が命がけで力を競いあうことに意味があり、ゲゥグゥは蛮勇をふるう男たちを嫌って逃げてゆくのだとか。

なお、ルールはちゃんとある。

武器の使用は禁止。

場外に出てしまったら負け。死んだら負け。降参はなし。

以上だ。

単純明快ですっきりしている。武器さえ用いなければあらゆる攻撃が許容されるようだが、ツィハが言うには卑怯《ひきょう》な振る舞いは喜ばれないという。正々堂々、素手で殺しあえ、ということか。そうとう危険なんじゃないの、これ……？

決闘場の中央にパパ・ドゥットが厳粛な面持ち、といってもキツネの顔なので人間のハルヒロには表情がよくわからず、なんとなくそんな感じがするだけなのだが、とにかく厳かっぽい空気を醸しだして立っている。

ムァダンは決闘場の端っこで屈伸したり、腕を回したりと、準備運動に余念がない。ルナルカたちはムァダンの一挙手一投足で盛り上がる。見渡しても、あれほど立派な体格のルナルカは他に一人もいないので、ムァダンはカムシカ族のちょっとした英雄なのかもしれない。ちなみに、カムシカ族はルナルカの中の一部族で、本島では最大の規模を誇っているのだとか。

クザクは上体をひねったり、アキレス腱《けん》をのばしたりなど、ストレッチ系の体操を入念にしている。ゆったりと体を動かしているから、まるで緊張していないように見えるが、実際はどうなのか。

「クザっくん……！」

ユメが声をかけると、クザクがこっちを向いてニヤリと笑った。

「ずいぶん余裕だな」

そう言うセトラも泰然自若と端座している。隣のキイチのほうがまだ、耳をぴんと立ててやや切迫している様子だが、やかましくて落ちつかないだけかもしれない。

「クザクくん、がんばって……！」

シホルの声は震えていた。全身に力が入って、がちがちになっている。シホルのことだ。自分自身が窮地に立たされるよりもつらいだろう。メリイも顔がこわばっている。

「もし怪我《けが》をしちゃっても、わたしが治すから」

クザクは両方の手首をぶらぶらと振りながら、白い歯をのぞかせた。

「うっす。そんときは頼むわ。まぁ、大丈夫だよ。任して」

大口をたたくじゃないか、とからかってやればいいのか。それとも、普通に励ますべきか。迷っているハルヒロに向かって、クザクは無言で親指を立ててみせた。

おれたちの間に言葉はいらないって？

まあ、ね。

相手はかなり腕に自信がありそうだ。あのガタイが見かけ倒しということはよもやないだろう。クザクは鎧兜《よろいかぶと》と盾で全身を固め、怖がらずに敵の攻撃を受け止めつつ、反撃を狙う戦い方をもっとも得意としている。素手での組み打ちだと、その戦術はまったく使えない。だから心配は心配だが、クザクはここから何メートルも離れたところにいる。細かい助言はできそうにない。そもそも、そんな必要はないんじゃないかという気がしている。

ハルヒロがうなずくと、クザクは顔をくしゃくしゃにした。なんでそんなにうれしそうなの。いいけど、べつに。

「オォーズレェーェ。アーディースタァーァ。デェーオォーボォーォ」

パパ・ドゥットが両腕を広げ、朗々と声を響き渡らせた。

「トゥワンラッ！」

「トゥワンラッ！」

ルナルカたちが連呼し、パパ・ドゥットがさらに発声する。

「ラァーガレェーェ。ソォーキィーイィーヤァーァ。ルレェーガァーアァーレェーェ」

「トゥワンラッ！」

「トゥワンラッ！」

「アラァーステッ。ナナァーディーイィーヤァーァ。トゥワンラッ！」

「トゥワンラッ！」

「トゥワンラッ！」

「オーセエーィヨォーォ、カムシカァーオォ、ムァダン！」

「ムァダン！」

「ムァダン！」

「ムァダン！」

「ウオオオオオオオオオオオオオォオオオオォォォォォォォォォォォ……！」

ムァダンが雄叫《おたけ》びをあげ、右の拳で何度も天を突きながら進みでる。

「オーセェーィヨォーォ、ヌハァーグラァ、クザァークゥ！」

パパ・ドゥットがクザクの名を呼ぶと、ルナルカたちは一斉に歯を剥《む》きだして、フーッ、フーッ、フーッ、フーッ、フーッと、ブーイングのようなことをした。ハルヒロたちは負けじとクザクの名を連呼した。

「クザァーク……！」

「んにゃあーっ！　クザっくん！　クザっくん！」

「クザクくん、ファイト……！」

「クザク……！」

「目に物見せてやれ、クザク……！」

「にゃあああおおおお……！」

「おっしゃおらあああぁぁぁぁ！　かかってこいやあああああぁぁぁぁ……！」

クザクは身振りでルナルカたちを煽《あお》りつつ、ムァダンに近づいてゆく。

両者が四、五十センチの距離を開けて向かいあった。

クザクの身長が百九十センチくらいだから、ムァダンは二メートルといったところか。横幅はそこまで変わらないが、体の厚みはムァダンのほうが遥《はる》かに上回っている。とくに

胸と腰はせり出すように盛り上がっていて、腕と脚もすばらしく太い。被毛のせいで余計にボリュームがあるように見えるのか。いや、その点を考慮に入れても、やはりムァダンのほうがずっと筋肉質だ。

「トゥワンラッ、ゼイッ……！」

パパ・ドゥットが開始の号令をかけてあとずさりした。

ムァダンもクザクも、まだ動かない。

ルナルカたちが「ムァダン、ムァダン」と囃《はや》し立てる。

二人はまばたきもしないで睨《にら》みあっている。

先にムァダンが左足を下げて両手を顔の位置まで上げた。組みあって力比べをしようと誘っているようだ。

単純な筋力勝負だと、体が大きいほうに分がある。クザクは冷静だ。ムァダンの誘いに乗らず、右拳を大きく振りかぶる。ルナルカたちが、フーッ、フーッとブーイングする。力比べを受けなかったクザクは卑怯だと非難しているのだろう。一方でクザクは、殴るぞ、思いっきり殴るぞ、とわかりやすい形で示し、ムァダンに選択を迫っている。

「エィンッ……！」

ムァダンは、来い、という感じで叫び、両足を踏んばって前傾姿勢をとった。堂々とクザクの拳を受け止める構えだ。

「んんんんんんんんんんんぬぁっ……！」

クザクが殴りかかる。手を握り固めてはいるが、パンチじゃない。右手を突きだすのではなく、ほとんど押しだすようにして鋭く振り下ろす。小指の付け根から手首にかけての部分、手の小指側の側面を、ムァダンの鼻面に叩《たた》きつける。

ムァダンは一瞬ぐらついた。鼻血が噴きだす。だが、踏みこたえただけでなく、両手を組みあわせて振り上げた。

「ダアアアアアアアアアアァァァァァァァァァァァアイッ……！」

ムァダンの両手はクザクの後頭部を直撃した。

一瞬、頭がとれたんじゃないかと思ってしまうような音がしたものの、とれてはいない。クザクは四つん這《ば》いに限りなく近い体勢になった。倒れずに、なんとかこらえている。

ムァダンは、フンッ、フンッ、と左右の鼻の穴から順々に血を噴出させてから、クザクに組みついた。上体をクザクの背中に覆いかぶせるようにして、両腿《りょうもも》の後ろをつかむ。

ひょっとして、そのまま持ち上げるつもりなのか。

そのとおりだった。

ムァダンは「ヌォアァァッ……！」とクザクを持ち上げると、くるっと横に回転させた。

クザクはムァダンの頭上に抱え上げられた。

「やめてっ……」とシホルが悲鳴混じりに言った。

ルナルカたちが「ムァダン！」、「ムァダン！」、「ムァダン！」、「ムァダン！」と彼らの英雄をうながす。

ハルヒロは歯ぎしりをした。目をつぶりはしない。

ムァダンがクザクを地面に叩きつける。いや、それならまだマシだ。違う。そうではなかった。

ムァダンは片膝立ちになった。クザクは地面ではなく、ムァダンの右膝に背中を打ちつけられた。折れるって。そんなことしたら。背骨が折れちゃうって。

クザクはムァダンの右膝から地面へと転げ落ちた。

ムァダンが立ち上がって、右拳を振りかざす。

「オオオオオオオオオオオオオオオオオオオオオオオオォォォォォォォォォォォ……！」

「ムァダン！」

「ムァダン！」

「ムァダン！」

「ムァダン！」

ルナルカたちの歓声が轟《とどろ》き渡る。

クザクはうつぶせになったまま、動かない。左手で背中を押さえている。動けないのか。

まさか、本当に背骨をやられたんじゃ。

「クザク……ッ！」

ハルヒロが思わず腰を上げかけると、何者かが後ろから肩を押さえつけて止めた。ツィハだった。

「タツ、ダメ」

ムァダンはゆっくりと決闘場を回りながらクザクに歩みよってゆく。降参は認められない。ムァダンはクザクを場外に出そうとするだろうか。それとも、息の根を止めるのか。ルナルカたちはたぶん、完全決着を望んでいる。ムァダンが彼らの期待を裏切るとは思えない。最初から決闘場の中でクザクを殺して終わらせるつもりだろう。

ユメとシホルはさかんに声援を送っているが、メリイとセトラは押し黙っている。

ハルヒロはあえて深呼吸をした。

パーティのリーダーとして、ハルヒロはクザクを見てきた。それから、仲間として。そしてたぶん、友だちとしても。だから、わかる。クザクはまだ戦意を失っていない。そうだよな、クザク。

ムァダンがクザクを蹴っ飛ばそうとする。

やめた。

ルナルカたちが「ハッダッ」、「ハッダッ」と急《せ》きたてる。やれ、早くやってしまえ、と彼らはきっと言っている。

ムァダンはまた蹴ろうとして、やめた。少しだけブーイングが起こった。

ああ見えて、ムァダンはなかなか慎重らしい。おそらくクザクの反応を確かめたのだ。しかし、二度にわたって攻撃を加えようとしても、クザクはぴくりともしない。さっきの一撃がよっぽど効いたのだろう。たわいないやつめ、せめて大技で決めて盛り上げてやる。ムァダンはそう考えたのかもしれない。クザクをふたたび持ち上げようと、屈《かが》みこんで両手をのばした。そのときだった。

クザクが跳ね起きて、ムァダンの顎に頭突きをお見舞いした。

ムァダンがのけぞると、クザクは猛攻を仕掛けた。

拳だ。左右の拳で、徹底してムァダンの顔面を攻めまくる。

ムァダンは何発かいいパンチをもらったあと、両腕で顔を庇《かば》った。クザクはかまわず、ガードの上から拳を浴びせる。強引にガードを突き崩す気なのか。

脅威を感じたのか、ムァダンは「スッ……！」と右足の回し蹴りをクザクの左脇腹にぶちこもうとした。クザクはこれを読んでいたらしい。回し蹴りをよけず、左腕でムァダンの右脚をつかまえ、抱えこんだ。

「ずえあぁぁぁ……！」

押し倒して、馬乗りになり、両手を鎚《つち》のようにして殴りつける。ムァダンの顔をひたすら乱打する。

ルナルカたちが悲鳴をあげた。

ムァダンは両腕でどうにかクザクの攻撃を防ごうとしているが、うまくいっていない。ムァダンはもう血まみれだ。どんどん防御ができなくなっている。

とうとうムァダンが大の字になった。これはひょっとして、落ちたか。

勝てる。九分九厘、勝ちだ。あとは決めるだけでいい。問題はどうやって決めるか。

クザクはムァダンから飛び離れた。場外だ。命を奪わず、場外に出して勝てるのなら、それに越したことはない。ハルヒロがクザクでもたぶん、同じことが頭をよぎる。甘い、とは言えない。

クザクがムァダンを右足首をつかもうとする。ムァダンはさっきのクザクを真似《まね》したわけではないだろうが、その瞬間、目を覚ましたかのように反撃を開始した。寝た状態で、蹴る。両足でクザクを蹴りつける。

クザクが下がると、すかさずムァダンは起き上がった。

躍りかかって、ムァダンは手を、足を繰りだす。決して洗練された技ではないが、とにかく激しい。ハルヒロなら、一発でも食らったら魂ごと吹っ飛ばされてしまいそうだ。

クザクも防戦一方ではなく、攻める。というか、打たれて打ち返す。打ち返しては打たれる。打てば打たれ、打たれて打つ。

互いにほぼノーガードだ。

ムァダンはもともと血だらけだったが、クザクもあっという間に顔が、胸が、腹が、あちこちが腫れ上がった。そこらじゅうから出血している。

「ムァダン！」

「ムァダン！」

「ムァダン！」

「ムァダン！」

ルナルカたちが彼らの英雄の名を呼ばわっている。

「クザク！」

「クザっクんっ！」

「クザクくん……！」

「クザク！」

「クザクゥッ……！」

「にゃあああおおおおん……！」

ハルヒロたちにできるのは、クザクの勝利を信じ、声を嗄《か》らして応援することだけだ。

ムァダンが右腕を大振りしてクザクを殴る。意識してか、無意識か、クザクはちょっと首をすくめた。そのせいで、ムァダンの右拳はクザクの側頭部あたりをとらえた。これでムァダンは右拳を痛めたようだが、あえてその右手でクザクを平手打ちする。

クザクは躱《かわ》さないのか、躱せないのか、ムァダンの平手打ちを食らいつづけた。

不意にムァダンの動きが止まった。息切れしたらしい。その瞬間、クザクは距離を詰めた。両手をムァダンの首筋に回し、自分のほうへと引き寄せて、その土手っ腹に膝蹴りを叩きこむ。何度も、何度も。

「ああぁっ！　あああぁっ！　ぬああああぁっ……！」

ムァダンもクザクを振りほどこうとはせず、甘んじて膝蹴りを受ける。

「ンンッ！　ンンンンンッ！　グゥンンンンンンンッ……！」

やがて二人はよろけながら離れた。

次はムァダンの番だと、誰もがわかっていた。

もちろん、ムァダンが駆けだし、跳んだ。両足を揃《そろ》えての跳び蹴りだ。いくらクザクがへたばっていても、あれは簡単によけられるだろう。

でも、クザクはよけない。胸でムァダンの両足を撥《は》ね返そうとする。むちゃだ。クザクはひっくり返ったが、ムァダンも地面に倒れこんだ。

二人とも、すぐには身を起こせない。

ルナルカたちはムァダンの名を、ハルヒロたちはクザクの名を呼ぶ。

ムァダンが起き上がると、クザクも立った。

歓呼の嵐が巻き起こる。

「ウダァーッ！　来い……！」

ムァダンが手招きした。クザクが何歩か後退して、助走をつける。

「どぅあらああああああぁぁぁぁぁっ……！」

ただの跳び蹴りじゃない。クザクの跳び後ろ回し蹴りがムァダンの横っ面に炸裂《さくれつ》する。

ムァダンを薙《な》ぎ倒して、クザクは大きく体勢を崩しながらも、なんとか転倒寸前で持ちこたえた。初めてだ。クザクがルナルカたちにやんやの喝采を浴びた。

「しゃあああああぁぁぁぁらあああぁぁぁぁぁぁぁぁ……！」

クザクは拳を突き上げてこれに応え、倒れ伏しているムァダンに向きなおった。

「立て……！　立てよ、おらあぁ……！　まだやれんだろ……！　こんなもんじゃないよな、そんなわけねーよなぁ……！」

ムァダンはまず横に体を転がして、うつ伏せになり、それから両腕両脚を駆使して立ち上がった。

「ムァダンッ！」

「ムァダンッ！」

「ムァダンッ！」

「ムァダンッ！」

「ムァダンッ……！」

クザクも、ムァダンも、すごい。本当にたいしたものだ。ハルヒロとしてはむろん、クザクが勝ってくれないと困る。だからといって、ムァダンがみじめに敗北するところも見たくない。

きっと、この熱気に影響されて判断力が低下しているのだろう。そんなふうに考えてしまう自分は、やっぱりつまらないやつだとハルヒロは思う。たしかにすごいよ。すごいけどさ。あんなふうにまともに攻撃を食らいあう必要がどこにあるんだよ。もっと防御とか回避とか、すればいいのに。馬鹿なんじゃないのか。

馬鹿上等とばかりに、クザクもムァダンも胸を張って、相手を貶《おとし》めることなく、自分の力を見せつけようとしている。

どうだ、俺は強いだろう。

俺はもっと強いぞ。

だったら、俺はさらに強い。

俺はその上をいってやる。

クザクとムァダンがよろよろと歩みよる。

ムァダンが左拳を出すと、クザクがそれに左拳を軽くぶつけた。ムァダンは右手を痛めていて、もう拳を握れない。

二人は一歩ずつ下がった。

まずクザクが踏みこんで、ムァダンを殴る。

ムァダンがクザクを殴り返す。

その次はクザクが。

ムァダンが。

交互に殴りあう。

二人はともに満身創痍《まんしんそうい》で、疲労困憊《ひろうこんぱい》しているが、あの一発一発に全身全霊を傾けている。そうとう効くはずだ。

ムァダンか。クザクか。どちらが膝をつくか。

どっちでもいいから早く決着がついて欲しい、という気持ちと、負けるなクザク、という気持ちが喉を詰まらせて、ろくに息ができない。気が遠くなりそうだ。

おそらく次の一撃で終わる。

だが、そうはならない。

でも今度こそは。

まだか。

だけどこの次はもう。

まだなのか。

殴っては殴られが延々と繰り返され、果てなどないのではないかと思えてくる。

ムァダンが右拳をクザクの頬にぶちこんだ。すでに握ることができなかったはずの右手だった。ルナルカたちが感嘆の声をあげ、ハルヒロも彼の名を叫びそうになった。

クザクはぐらりと揺らいだ。ぐちゃぐちゃの顔で、笑う。

「はふはあぁ」

何と言ったのか。クザクはすでにちゃんと言葉を発することができないのだ。それでも、倒れない。

くずおれたのはムァダンだった。

ムァダンは腰砕けになったように両膝をついた。そのまま前に倒れかかりそうになったムァダンを、クザクが抱きとめた。

ムァダンは明らかに気を失っている。全身が弛緩《しかん》しているのは一目瞭然だ。それでもクザクはあえてムァダンの右腕をつかみ、高々と挙げた。

セトラが頭を軽く左右に振った。

シホルとユメはクザクを凝視している。

メリイはうなずいた。

ルナルカたちの絶叫が天を衝《つ》く。ハルヒロはようやくため息をついた。

12・持っている男たち

冷静に考えれば、引き分けというより敗者なしでどちらも勝者的な幕引きはどうなんだという気はするものの、あくまでトゥワンラッはゲゥグゥを追い払うための儀式だ。ルナルカたちが、よし、これでゲゥグゥは来ない、大丈夫だ、と信じられるかどうかが一番大事なのだろう。

その意味では、みんな大盛り上がりに盛り上がりまくった。実質的にはムァダンが敗れたのだが、それは対戦した人間がとてつもない強者《つわもの》だったからだ。その強者が彼らの英雄の健闘を讃《たた》えた。紙一重の勝負だったのだ。どちらが勝ってもおかしくなかった。従って、自分だけでなく、ムァダンもまた勝ったと言えるのだと、人間の勇者はルナルカたちに示した。クザクにしてみれば、達成感と解放感とノリでそういう方向に持っていっただけなのだろうが、これはルナルカたちも納得できる、最善と言ってもいい選択だった。かくしてトゥワンラッは成し遂げられたのだ。

クザクとムァダンの傷はメリイが光の奇跡《サクラメント》でただちに全快させた。気絶していたムァダンが目を覚ますと、ルナルカたちが酒を持ちよってきて、宴会が始まった。

ルナルカの酒はラティという木の樹液を発酵させたもので、白濁していて甘酸っぱく、口当たりがいい。アルコール度数の低い醸造酒だからか、ルナルカたちは水のように飲む。

子供のルナルカも、草の茎をストローにしてちゅうちゅう吸っている。大人になるまでやめておいたほうがいいんじゃないのと思わなくもないが、誰も止めない。飲酒に年齢制限はないようだ。

クザクとムァダンはともに上半身裸のまま肩を組んで、陽気に語らいながら飲み比べを始めた。ルナルカたちは今やムァダンと同じくらいクザクを敬い、親しくなりたがっている。クザクが持つ木杯に誰がラティ酒を注《つ》ぐか、競争しているような有様だ。それを見て、ムァダンはじつにうれしそうに笑い、さかんにクザクの背中を叩《たた》いている。カムシカ族の英雄は度量が広い男らしい。

ユメやシホル、メリイ、セトラは、ルナルカの女たちにつかまった。といっても、ルナルカは成長すると男か女か選択するらしいし、見た目では性差がよくわからない。でもなんとなく、ユメたちを囲んで酒盛りしているルナルカは全員、女性のように思える。というか、本当にルナルカは性別を自分で選べるのか。謎だ。

ハルヒロはツィハに通訳を頼んでパパ・ドゥットと話した。パパ・ドゥットもしきりと酒を勧めてきて、断ると角が立ちそうだから、なるべくがんばって飲みながらあれこれ尋ねた。ゲゥグゥは追い払われ、しばらくこのあたりに寄ってこないので、パパ・ドゥットは恐ろしいことも臆さず口に出してくれた。

カムシカ族に限らず、ルナルカにとって竜は神のような存在だ。神を間近に見ようとし

た愚かなルナルカもいないわけではない。竜の巣に立ち入ったとされるルナルカも、そう多くはないが、やはりいるという。

そうした不届きなルナルカは、たいていの場合、たぶん竜に殺されて帰らない。しかし、戻ってきたルナルカもいる。

タツアミ族のヤディキァというルナルカは、幼竜を連れ帰り、村で育てようとした。竜を飼い慣らせば、神に等しい力をえられるはずだ。それがヤディキァの目論見《もくろみ》だったというが、結果的には神の怒りにふれ、その力をまざまざと見せつけられることになった。幼竜を奪い返すべく、竜がタツアミ族の村を襲ったのだ。ヤディキァは真っ先に殺され、食われてしまったという。タツアミ族のルナルカたちは震え上がって幼竜を解き放ったが、神たる竜は彼らを許さなかった。村は滅ぼされ、タツアミ族は地上から消え去った。かつてヤディキァはありふれた名だったというが、以後、ゲゥグゥを呼ぶ忌み名とされた。今では、トゥワンラッのあとでなければ、声に出すことさえ禁じられている。

ヤディキァの事件はルナルカたちにとって大きなトラウマになった。パパ・ドゥットの話を聞いていると、竜に近づこうとしない、竜の巣に足を向けない、といった禁忌をルナルカたちが厳重に守るようになったのは、どうもヤディキァがしでかしてからなのではないかという気がする。もっと言えば、ヤディキァ事件をきっかけに、竜を神として崇《あが》めるようになったのではないか。

ごく稀《まれ》に、森で竜の鱗《うろこ》が見つかることがあるらしい。緑色に輝く竜鱗、とりわけ傷のない完全なものは非常に貴重で、手に入れたルナルカは大いに祝福されるという。ただし、所持しつづけてはならない。ルナルカにはそもそも財産を私有するという考えがあまりなく、たいていのものを分けあって生きている人々のようだが、竜鱗は部族で共有するのでもなく、シィナッタッという儀式を行って海に還《かえ》すのだという。そうすることで、神たる竜が喜び、部族の全員が幸せになる。

じつは、ツィハのようにロロネアで暮らすルナルカには、役割が与えられている。森の外で自由に生きることを許される代わりに、海賊たちを見張らないといけない。もし海賊が竜鱗を拾ったら、どうにかして奪い、森に持ち帰る。みだりに森に侵入しようとする者がいたり、竜に危害を加えるような企《たくら》みを聞きつけたりしたら、かならず村に報《しら》せなければならない。

ツィハは外の世界に憧れ、海賊になった。しかし、自分がルナルカであることには誇りを持っているし、同胞を愛してもいる。だから、役目を果たそうとした。

ツィハが弁明するところによると、ハルヒロたちが悪い人間だとは思っていなかったが、竜について調べているというだけで、ルナルカたちはいい感情を抱かない。ツィハがそんな人間たちを客人扱いして村に案内したら、パパ・ドゥット以下カムシカ族のルナルカたちは間違いなく激怒する。そこで、ハルヒロたちを欺く恰好《かっこう》になってしまったが、いった

ん捕縛した。ツィハはそれからパパ・ドゥットに掛けあい、なんとか協力をとりつけるつもりだったらしい。

本当だろうか。だいぶ怪しい感じもするが、ツィハの説得によってトゥワンラッが実現したのだし、クザクの奮戦でカムシカ族は一転、友好的になってくれた。それはまあ事実だから、反省すべき点は反省するとして、結果オーライだ。

「――で、おれたちは竜が怒っている理由を知りたい。誰かが、……あなたたちルナルカじゃなくて、海賊か、ロロネアの住人か、もしくは外から来た何者かが竜を怒らせるようなことをしたのは確実だと思うんですけど、何か心当たりはありませんか？」

ツィハがハルヒロの質問を通訳すると、パパ・ドゥットはもふもふした顎を撫《な》でながらうなずいた。

「パパ、アル、イッテル」と、ツィハがパパ・ドゥットの返答を訳してくれた。「ニンゲン、リュウノス、ハイロウトシタ。サンニン。ヒトリ、カムシカジャナイ、ベツノルナルカ、コロシタ。フタリ、ニゲタ」

「……逃げたあと、そいつらは？」

「ワカラナイ。ツィハ、シラナカッタ。ソノハナシ。ムラ、モドッテナカッタ。イマ、キイタ。パパ――」

ツィハが何か訊《き》くと、パパ・ドゥットは手振りを交えて答えた。

「イチカゲツ、クライマエ。フタリ、ニゲタ。ソノアト、ルナルカ、ダレモミテナイ。タブン、ソイツラ、カイゾク」

「……三人の海賊が森を抜けて竜の巣に入ろうとしたけど、ルナルカに見つかった。仲間を一人失って、そいつらはあきらめたのかな」

「モリ、トオラナイ。ゼンブジャナイ。チョットダケ、モリ、トオル。リュウノス、チカヅク、ミチ。アル」

「別のルートが？　ひょっとして、海岸線を伝って行くとか」

「ソウ。ルナルカ、アマリ、ウミ、デナイ」

「島なんだし、漁なんかしてもよさそうなものだけど」

「ヤディキァノ、タツアミ、サカナタクサン、トッタ。タツアミ、ナクナル。ソレカラ、サカナトル、ルナルカ、ヘッタ」

「そういうことか。……竜の怒りは、ルナルカの生活まで変えたんだ」

「カムシカ、カカワル、イヤ」

「誰かが何かをしたにせよ、そのとばっちりを受けたくないってことだよね」

「デモ、リュウ、オコル、ヨクナイコト」

「竜の怒りは鎮まって欲しい」

「ソウ」

「ルナルカに迷惑はかけないようにする。竜の機嫌を損ねるようなことを、ルナルカにしてもらうつもりはないんで。そこは安心してもらいたい」

「カムシカ、アナタタチ、シンヨウスル。ツィハ、ツィハノアニ、ムァダン、ツィハノアニ、タンバ、チカラカス」

タンバというのは、あのツィハに少し似ているがっちりしたルナルカのことだろう。

「ありがとう。とても助かる」

「リュウノス、チカヅイタ、カイゾク。ヒトリ、コロシタ、ルナルカ、イシャック」

「イシャック族のルナルカが、海賊を一人、殺した?」

「ソウ。フタリニゲタ、カイゾク、タンバ、シラベル。タンバ、イシャック、ナカイイ」

「タンバがイシャック族にいろいろ聞いてくれるってことか。でも、その海賊たちは、何のために竜の巣に行こうとしたんだろうな。いや、一度は失敗したけど、そのあとたぶんもう一回、海岸沿いのルートで行ったんだ。……竜の巣には、竜の鱗がたくさん落ちてたりしない?」

「リュウノス、シラナイ。ルナルカ、イカナイ」

「だよね。けど、巣にはありそうだな。剝がれたりするだろうし。竜の鱗はきっと、高く売れる。や、でも、鱗を拾い集めていっただけで、竜が怒るかな……」

カムシカ族の宴会は空が白みはじめるまで続いた。みんなずいぶん飲まされて、一人、

また一人と酔い潰れ、目が覚めると午《ひる》近くだった。ラティ酒の特性なのか、誰もひどい二日酔いにはなっていなかったから、ツィハの案内でロロネアに戻ることにした。

帰るときは大勢のルナルカに見送られた。ムァダンは何度もクザクを抱擁し、なんか違う意味で仲よくなってないかという疑いすら首をもたげるような雰囲気だった。

ロロネアに着くと、まだ夕方に差しかかったころで、三頭の竜が上空を飛んでいた。ハルヒロたちは北の臨時市場でジミーと落ちあった。

「何か収穫はありましたか」

「少しは。課長のほうはどうです？」

「気になる話を耳に挟みました。ベンジャミンという男がいるんですが――」

ロロネアはかつてテッド・スカル率いるスカル海賊団に牛耳られ、おぞましい圧制が敷かれていた。

その後、見習い義勇兵キサラギがテッドを打倒し、エメラルド諸島に海賊たちの平和な日々が戻ってきた。スカル海賊団は解体して、テッドの手下は半分以上がロロネアを去った。しかし、ロロネアに残る者も中にはいた。

好きでスカル海賊団に所属していたわけではなく、命惜しさに仕方なくテッドの命令に従っていた海賊も少なくなかったのだ。キサラギも、テッドの部下だったというだけで排斥するような真似《まね》はしなかった。もともと海賊の世界では、頭をすげ替えることも、離合

集散も、まったくめずらしくないようだ。いくつもの海賊団を渡り歩く海賊はざらにいる。むしろ、一つの海賊団しか知らない海賊のほうが少数派だという。

ベンジャミン・フライはスカル海賊団の残党で、トロッコ海賊団に加わり、すぐに辞めて、ディアー海賊団に鞍替《くらが》えした。もっとも、トロッコ海賊団にせよ、ディアー海賊団にせよ、中型の船を一隻持っているだけの小所帯だ。どちらの海賊団も現在はK&K海賊商会の傘下に入っている。

ジミー課長にとっては、下請け会社の下っ端社員ということになるが、このベンジャミンという男、どうやら一時期はかなりテッド・スカルに近しかったらしい。片腕というほどではないにせよ、側近の一人ではあったようだ。ところが、何かしくじったか、テッドの気分を害するようなことをするかして降格され、平《ひら》海賊に成り下がった。以降はとりたてて目立つこともなく、スカル海賊団が潰《つい》えると、あっさり別の海賊団に乗り替えた。あのじいさんには恨みがあったから、ざまあない、せいせいした、といったようなことを吹《ふい》聴《ちょう》していたらしい。

渾名《あだな》は、赤目のベン。

なんでも、若いころ左目に傷を負い、治療せずに放っておいたら、白目が黄濁して黒目が赤褐色になったのだとか。海賊はよく、傷跡や奇抜な刺青《いれずみ》、装身具で自分のキャラを立たせようとする。ベンジャミンもその手合いだ。

年齢は不明だが、見た目は四十年配らしい。髭面《ひげづら》で、顎がややしゃくれている。寸胴《ずんどう》で、足は短いのに、腕が妙に長い。

その赤目のベンことベンジャミン・フライが、一月《ひとつき》以上前、ディアー海賊団の船長に何も告げず、だしぬけに姿を消した。ベン一人ではない。ステップと呼ばれていた若い海賊と、蜂蜜《ハニー》デンという海賊もベンとまったく同時期にいなくなった。

ステップは二十歳前後のひょろ長い男で、博打《ばくち》好きだが負けがこんでいた。甘い物に目がないハニー・デンは、ベンと同じくスカル海賊団出身だった。何でも虫歯が痛むせいにする怠け者で、いい評判が一つもない海賊だったようだ。

「一月前に、海賊が三人……」

パパ・ドゥットから聞いた話と符合する。

ジミーは続けて言う。

「ベンジャミンは十三日前に突然、ロロネアに舞い戻ったそうです。ハニー・デンも一緒でした」

「ステップは？」

「二人だけです」

竜の巣に入ろうとした海賊らしき人間三人のうち一人は、イシャック族に殺された。これもまた合致している。

ディアー海賊団の船長はベンとハニー・デンに事情を問い質《ただ》したが、二人は失踪の理由やその間の出来事については何も語ろうとしなかった。ステップの消息は知らないと二人は口をそろえた。船長は当然、馘首《クビ》を言い渡し、二人を船に乗せることなかれと他の船長たちに伝えた。不義理をした船員に対してこういった処置をするのは、海賊の世界ではよくあることらしい。かならずしも実効性があるわけではないが、ベンにしろ、ハニー・デンにしろ、もとから人好きのする男ではなかった。そのうえスカル海賊団の出でもある。エメラルド諸島の海賊団は二人を敬遠するだろう。

だが、二人は気にする様子もなく、飲んだくれたり、女を買ったり、博打に精を出したりしていたらしい。人目を引くほど豪遊していたわけではないが、一度、ベンは博打で大勝ちしたようだ。そのとき、「やっぱり持ってる男ってのは違うな」というようなことを言っていて、賭場で同席した海賊が少し変に思ったという。

持っている。何を持っているのか。一般的にはまあ、強運ということになるだろう。たまたま勝っただけで、何をぬかしてやがるんだこのオッサンは、とその海賊は感じたようだ。エメラルド諸島の海賊はもう、おまえなんか相手にしねえってのに、たかが一度ツキが回ってきただけで有頂天かよ。まったく救えねえな。こんなふうに落ちぶれたくはねえもんだ……。

竜がロロネアの上空を飛ぶようになってからのことは、よくわかっていない。

ただ、最初の攻撃があったとき、二人はウコバク海賊団のグレートタイガー号に乗っていた。ウコバク海賊団は三隻の海賊船を擁し、K&K海賊商会の傘下には入っていない。ただし、二人は船員として雇われたのではなく、乗客だった。珊瑚列島《さんごれっとう》で下ろしてもらう約束をして、グレートタイガー号の船長にけっこうな金を払ったらしい。

あの日、二番桟橋には二隻の船が横着けしていた。そのうちの一隻がグレートタイガー号だった。

グレートタイガー号は原形を留《とど》めないほど壊され、その残骸は今も撤去されていない。船長と船員五名も船と運命をともにした。赤目のベンはうまく逃げたようだ。ハニー・デンは重傷を負ったが、命はとりとめ、他の負傷者同様、灰色エルフの呪医《シャーマン》に手当てしてもらったらしい。しかし、治療費を支払わず、とんずらした。

「なんか、とことんクズっすね……」

呆《あき》れ顔でクザクが言った。

「それで、赤目のベンとハニー・デンは今、どこに？」

ハルヒロが尋ねると、ジミーは、ついてこい、というように手を動かして歩きだした。

北の臨時市場はものすごい賑《にぎ》わいで、即席屋台の前に並べられた椅子に腰かけて飲食している者や通行人をかき分けたり、すり抜けたりしないと進めない。振り仰ぐとロロネアの上を飛びまわる竜の姿が目に入るわけで、なかなかシュールな状況だ。

ジミーは不意に足を止め、顎をしゃくって前方を示した。その先には屋台があり、海賊たちが酒を飲んでいる。椅子はない。どの海賊も立ち飲みするか、地べたに座って杯を傾けるかしている。

屋台の柱にもたれ、左手で片頬を押さえたまま飲酒している海賊に目がとまった。

「……あの人、ひどい虫歯」とメリイが呟《つぶや》いた。

たしかに、海賊が唇をめくり上げるようにして杯の酒を啜《すす》る際にのぞく歯は、一本の例外もなくぜんぶ茶色い。ただ汚らしく変色しているのではなく、虫に食われたように小さくなっている。

シホルが顔をしかめ、ユメは「ふにょ?」と首をひねった。

「お……」

クザクがハルヒロのほうを見た。

セトラはキイチを抱いて、喉を撫《な》でている。

「蜂蜜《ハニー》デン、か」

「ハニー・デン。ちょっといいかな」

近づいていって呼びかけると、ハニー・デンは、ああ、とも、何だ、とも言わずに、いきなり酒杯をハルヒロめがけて投げつけた。ずぼらでも、見かけによらずとろくさくはないようだ。ハルヒロは木製の酒杯こそよけたが、少し酒を浴びてしまった。舌打ちしながら、逃げるハニー・デンを追う。

ハニー・デンはおいとかどけとか一声かけもせず、道行く人々をどんどん突き倒して乗り越えてゆく。雑踏の中を逃走する方法としては正しいのだろうが、まっとうな人間にはなかなかできない。他人に対して配慮するということをまったくしない男のようだ。

「クズだなあ……！」

転んだ人を跳び越え、思わず罵ると、ハニー・デンが顔だけ振り向かせて、「うっせえ、殺すぞクソ！」と怒鳴った。

「クソは貴様だ！」

ハニー・デンにすれば、突然、一人の女が行く手に立ちふさがったように感じたことだろう。実際はハニー・デンがずらかることを計算に入れて、あちこちに仲間を配置しておいた。ハニー・デンはたまたまセトラがいる方向に逃げたのだ。

セトラはハニー・デンに足払いをかけた。というか、思いっきりハニー・デンの向こう脛《ずね》を蹴飛ばした。

「ぐぇっ……!?」

ハニー・デンはつんのめって転倒した。すぐさま起き上がろうとしたが、セトラは間髪を容《い》れずやつの背中を踏みつけた。

「逃がすか、馬鹿が」

「……ぬぐぐぐぐぐぐ」

呻《うめ》くハニー・デンにキイチが駆け寄り、牙を剝《む》いてシャアアアアと威嚇する。

「うわぁっ!?　なんっ、猫か!?　や、やめろ、嚙《か》むなよ、俺なんか食っても……」

「貴様なんぞ食わせるか」

セトラが踵《かかと》に全体重をかけると、ハニー・デンは「ひぃぃぃぃぃぃぃぃぃぃ」とかなり気色の悪い悲鳴をあげた。微妙に喜んでない？　マジできもいんだけど……。

ともかくハニー・デンの捕縛には成功した。この場でさっさと吐かせてこんな男とは早くおさらばしたいが、どうした何だと物見高い野次馬たちが押し寄せてきて、それどころではない。日が暮れかけ、竜が飛び去ったので、ハルヒロたちはロロネアの中にハニー・デンを連行した。それでも大勢の野次馬がついてきて、何も知らないくせに、そいつをボコれ、八つ裂きにしろ、殺せとやかましい。どうしたものか。ジミーが一計を案じた。

「うちの船を使いましょうか。そろそろ入港してくるはずだから」

港に向かうと、一番桟橋にマンティス号が接舷しようとしていた。なぜか甲板の上ではなく、舷縁《ふなべり》の上で、K&K海賊商会のKMOモモヒナがカンフーの練習らしきことをしているのはご愛嬌《あいきょう》、……なのか？　どうなのだろう。何とも言いがたいが、舷縁は欄干程度の幅しかないので、あそこに立つだけでも恐ろしい。それなのに、モモヒナはぴょんぴょん飛んだり跳ねたり、はなはだしくは、宙返りをしてチョエーとハイキックを繰りだしたりしている。マジか。人間業じゃない。ユメが「んにゅう、かっこいいなあ……」と感嘆の声を漏らす気持ちはわからなくもないが、憧れて欲しくはないような気もする。

係留の作業を手伝ってマンティス号に乗りこむと、あのやかましいサハギンのギンジーが船長面《づら》してハルヒロたちを出迎えた。うるさくてかなわない。ここはスルーだ。

「ちょっとちょっとちょっとお!?　僕はこの船の船長なんですけどお!?　ガン無視ってどういうこと!?　ねえ、どういうこと!?　くっそう、こうなったらもう訴えてやる！　いや、訴えたいのは山々なんですけど、どこに訴えればいいんですかぁ!?　誰が僕の訴えを聞き届けてくれるんですかねえ!?　ねえ、ねえ、ねえ、ねえ!?　ねえったらねえ!?」

「くはぁーっ。うざぁーなんじゃ、ぽけーっ！」

モモヒナが舷縁から飛び降りるなりギンジーに襲いかかり、ひょいと持ち上げて豪快にぶん投げた。

「びええええええええええええええええええええええええええええええええええ……!?」

ギンジーは手足をみっともなくバタバタさせながら海へと落下してゆく。

どっぽんっ、と盛大に水しぶきをあげ、そのまま沈んだ。

しばらくすると浮き上がってきて、またぞろ騒ぎはじめた。

「いきなり何するんですかぁ!?　いくら僕がサハギンだからってこれはない!　だいたい海サハギンじゃないんですから僕は陸サハギンなんで海水はしょっぱいわけですよ、半分淡水魚みたいなものなんですから、魚じゃないんですけどぉ!?　僕はこれでも船長なのにいいいいいいいいいいいいいいいいいいいいいいいいいいいいいいいいいい……!」

放っておいて、尋問はマンティス号の船倉で行うことにした。暇なのか、モモヒナもついてきた。

船員が出払ったあと、ハニー・デンを船倉の柱に縛りつけ、まずは赤目のベン、ステップと連れだって密林に入ったのではないかと尋ねた。

「……何のことだか、さっぱりわからねえな。ああ、痛え。歯が痛え」

「なんかこの人、自分の立場がわかってないっぽくないっすか」

クザクが両手の関節をぽきぽき鳴らしながら威圧的な態度で迫っても、ハニー・デンは薄笑いを浮かべている。

シホルがどうするの的な視線をハルヒロに投げてきた。悩みどころではある。海賊たち

は荒っぽいので、こういうときは肉体的苦痛を与えて自白を引きだしたりするのかもしれないが、ハルヒロとしては正直、野蛮なことはなるべくしたくない。クザクもあくまで脅しているだけだ。ようはポーズにすぎない。

「多少痛めつけても、息さえしていれば、わたしがフォローできるけど」

メリイが不穏な発言をすると、ハニー・デンの顔つきが少しだけ変わった。

「……ヘッ。たとえ何されようが、知らねえことは知らねえ。心当たりがねえことは話しようがねえんだよ。ああ、歯が痛え」

「なあなあ、ハルくん」とユメが言いだした。「この人、歯が痛いみたいだからなあ、抜いてあげたらどうかなあ?」

「け、けっこう怖いこと言うね、ユメ……」

「生ぬるいんじゃないか」

セトラはあからさまにハニー・デンを侮蔑している。嫌いなタイプなのかもしれない。まあ、ハルヒロもわりと嫌いだ。かなり嫌いかもしれない。

「強がっていられるのも今のうちだ。指の一本や二本、切り落としてやればいい。そうすれば、何でもべらべらとしゃべるに決まっている」

「み、み、見くびるんじゃねえぞっ、この女《アマ》ッ」

「生きて明日の夜明けを迎えたいのなら、唾を飛ばすな、海賊」

「お、俺はな、おっかねえものなんか一つもねえんだっ。ほんとだぞっ」

「眼球を刳《く》り貫《ぬ》かれて、ぽっかりとあいた眼窩《がんか》に、削《そ》ぎ落とした耳を丸めて詰めこまれても、まだそう言えるかどうか、確かめてみるか？」

「な、なっ、何だこいつ!?　あ、頭がおかしいのかっ!?　そんなこと、まともなやつは考えつかねえだろ!?」

「ゆえあって、私は死体を切り刻むのには慣れている。生きていても大差はない。今から貴様を使って証明してやってもいいぞ」

「やややややや、やれる、や、やれるもんならなあ、や、やってみやがれ、ちくしょうがっ。お、おおお俺は、し、知らねえことは、はは話したくたってな、は、は、話せねえ」

「まずはどこから始める？」

セトラは小刀をとりだしてハニー・デンに一歩近づいた。完璧なまでの無表情で、動作にも声にも一切揺らぎがない。

「いっそ、その見苦しい面《つら》の皮をすっかり剝いでやろうか？　よく空気がうまいとか言ったりするが、皮膚がなければ顔面で空気を味わえるかもしれんな。やってみるか？」

「まままままずいだろ、それは！　味とかじゃねえだろ！　痛いだけだろ！　その前に面の皮、剝がれる段階で、めっちゃくちゃ痛えだろ！」

「貴様は舌を嚙んで死にたくなるほど痛いかもしれんが、私は何ら痛痒《つうよう》を感じない」

「ひ、人の心ってもんがねえのかっ!? どうかと思うぞっ!?」

「貴様にどう思われようと、私には何の影響もないな」

セトラはさらに一歩、ハニー・デンに接近する。まさか本気ではないだろう。……と思うのだが、セトラなら眉一つ動かさずにやってしまいかねない。そんなふうに感じさせる。それもふくめて演技なのだろう。たぶん。演技だといいんだけど。

ハニー・デンに憐《あわ》れみを覚えたのかというとそんなことはまったくないが、セトラに手を汚してもらうのもやむなし、と思いきるまでには至らない。ハルヒロはセトラを止めようとした。

「待つのだっ、おねいちゃんっ!」

先を越された。

進みでたモモヒナは、カンフーの練習でいい汗をかいて暑いのか、上着は羽織るだけで前を留めていない。たしかさっきまではつけていなかったと思うのだが、いつの間にか付け髭《ひげ》を装着している。

「……誰がおねいちゃんだ」

鼻白むセトラに、モモヒナは「ふっ……」と笑ってみせる。

「おねいちゃんだからおねいちゃんと言ったのだ、おねいちゃん」

「意味がわからん……」

「心配ないさーっ。あたしも意味はわからんちんっ」

「KMOだったか。私の代わりにおまえがこの腐れ虫歯クズを拷問するのか」

「海賊には海賊のぉぉぉぉぉぉぉぉぉっ。やり方がぁぁぁぁぁぁぁぁぁぁっ。ありんすっ」

「……りんす？」

「ありんこ？　ん？　あたし、間違えたかなー？」

「どちらも正しくはないような気がするんだが……」

「ドミノカクレミノっ、海賊には海賊の流儀があるんだよー。のだっ。ようそろーっ。とゆーわけで、ジミちゃん、あれだよ、あれを用意して！」

モモヒナはさもお決まりのあれというふうに要求したが、ジミーはどこからどう見ても困惑している。

「……あれと言うと？」

「ふぬっ!?」

モモヒナはクワッと目を見開くと、ジミーを招き寄せて耳打ちした。ジミーはうなずき、船倉から出ていって、しばらくすると何か抱えて戻ってきた。

「そうっ！　海賊たるモノ、これだぁーっ！」

モモヒナはジミーから受けとった大きな鳥の羽根を束ねたようなものを掲げてみせた。ジミーは他にも壺《つぼ》を持ってきた。モモヒナはその壺の中に鳥の羽根束を突っこんだ。

「そ、それって……？」

クザクが訊《き》くと、モモヒナは「じゃじゃーんっ」と壺から羽根束を抜いた。羽根束はぬらぬらと濡《ぬ》れそぼっている。

「……あぶら？」とシホルが呟《つぶや》いた。

「ぴんぽーん、正解でーすっ！」

モモヒナは怪しい手つきで羽根束をゆらゆらとくねらせた。

「油って──」メリイは首をひねった。「燃やすの？」

「ひぃっ……」とハニー・デンが全身をこわばらせた。

セトラは船倉を見まわした。

「船は大丈夫なのか？」

ちょっと、あなたがた、発想が容赦ないですよ。

ハルヒロは咳払《せきばら》いをした。

「……燃やしたら、軽く死んじゃうからね」

「ふわっ！」とユメが両手を拍《う》ちあわせた。「ユメ、わかったかも！　あのなあ、こちょこちょやんなあ!?」

モモヒナは「にははーっ」と満面に笑みをたたえて羽根束の先をユメに向けた。

「ぴんぽんぱんぽんぴんぽーんっ。正解っ！　ゆめゆめに五万てーん……っ！」

「わあっ。やったーっ」

やっぱりこの二人は何か通じあうものがあったりするのだろうか。

ハニー・デンが「うぇっ!?」と目を白黒させた。

「こ、こ、こちょこちょ!? ま、ま、ま、待ってくれ、おい……」

モモヒナは「むっひひひー」といやらしい笑みを浮かべ、羽根束をゆらゆらさせつつ、ハニー・デンに歩みよる。

「いや、その、い、痛いのは正直嫌いじゃねえけど、そっちは俺あんまり……」

「かかかっ。者どもーっ。ひんむいてしまえーっ」

ＫＭＯのお達しとあらばしょうがない。ハルヒロたちは一応、K&K海賊商会の下っ端なのだ。

ハルヒロはクザク、それからジミーにも手伝ってもらい、暴れるハニー・デンの衣類を脱がせた。というか、縛ってあるのを解《ほど》いて脱がせてまた縛るとなると大変面倒なので、下着以外をナイフで適当に切り、脱がせるというより剝がした。引き締まっているとはとうてい言えない体つきだし、体毛も濃いし、これはちょっと見るに堪えない。モモヒナをのぞいた女性陣はいやそうに目を背けているが、ハニー・デンは恥ずかしそうというより、照れながらも嬉《うれ》しそうだ。変態です。変態がここにいます。

「準備はおっけーのようそろーっ!?」

ＫＭＯのやや謎めいた問いかけに、ハルヒロとクザク、ジミーは「おー」と答えた。

「元気がないよーっ。ようそろー⁉」

何なのこの儀式と思いながら、ハルヒロはやけくそ気味に「ようそろー！」と叫んだ。ジミーはさっきと同じく「おー」とだけ、クザクがハルヒロ以上に大きい声を出して「ようそろー！」と応じると、やっと我が社のＫＭＯは満足してくれたようだ。

「うっし、そいではっ！　始めちゃいまーす。覚悟しろーっ」

「あいやめやめやめやめてっ――」

「やめないっ。にゃーっ」

「んひっ⁉」

「ここはどうだーっ」

「あひゃっ⁉　おひゃひゃひゃっ⁉」

「もっとだーっ」

「ぬあふぁはほぁっ⁉　ぐぎゃはははははほっ⁉　ややややめてくれっ⁉」

「だっ、かっ、らっ、やめぬーっ。もっとかもっとだな、こちょこちょこちょこちょっ」

「んがあああああああああ⁉　だめだめそこはほらだめだってもうあああああ⁉」

「ここだなーっ、ここがいーんだなぁーっ、ほりゃほりゃほりゃほりゃほりゃ」

「んにいいいいいいいいいいああああああほおおあああああああ⁉」

ものすっっっっっっっっっっっっっっっっっっっ……ごく、見苦しい、——です。

でも、効果は絶大だった。

ハニー・デンはとうとう赤目のベンことベンジャミン・フライに誘われて竜の巣に向かったことを認めた。若い労働力が欲しいということで、ステップに声をかけた。

三人の海賊は、ずいぶん前にエジマーという有名な冒険家が作成した地図の写しを頼りに、一度目は密林を抜けるルートで竜の巣を目指した。しかし、ルナルカに見つかってしまい、追いたてられたあげく、ステップが射殺された。ベンとハニー・デンはなんとかルナルカの追跡を振りきった。

ハニー・デンは懲りて、計画を断念しようと主張した。ベンは頑として受け容《い》れず、どうしてもハニー・デンが降りると言うなら、殺してやると脅したらしい。

「あいつは本気だった。嘘《うそ》つきだけどよ。やるっつったら、マジでやるやつなんだよ、あの野郎は……」

スカル海賊団で一緒だったから、ハニー・デンは赤目のベンのことをよく知っている。ハニー・デン曰《いわ》く、ベンはキレると何をするかわからない。テッド・スカルの怒りを買って格下げされたのも、同輩の海賊と些細《ささい》なことで揉《も》め、闇討ちして殺してしまったせいなのだとか。法螺《ほら》吹《ふ》きで、どこか小物感を漂わせているせいか、軽く見られがちだが、腕も立つらしい。

そんなわけで、地図とにらめっこをし、二度目は海岸沿いを北上するルートをとることにした。再チャレンジの滑りだしは順調で、ルナルカと出くわすこともなく、一度目は何だったのか、ステップのやつは死に損だ、などと笑って話していたほどだったという。しかし、それも竜の巣の手前までだった。

名高い冒険家エジマーも、竜の巣には立ち入らなかったと言われている。地図の写しを見ると、竜の巣と呼ばれる一帯は空白だ。本物の地図では、そこにデフォルメされた竜や竜の卵が描きこまれているらしい。ようするに、どうなっていて、どんな生き物が棲息《せいそく》しているのか、さっぱりわからない。

秘境、竜の巣。

そこは、少なくともハニー・デンの想像を絶する程度には、恐ろしい場所だったのだ。

14．末路が終わらない

海辺に反り立つ岩壁に小さな穴がたくさんあいている。どうやら海鳥が春先の繁殖期に巣くうようだが、まさか彼らが掘ったわけではないだろう。岩壁の低い位置には穴が見あたらず、地上七、八メートル以上の高い場所にしか穴はないようだから、海水の浸食によるものとは思えない。潮風とか、雨水とか、そのへんが作用し、長い時間をかけてこれらの穴が穿《うが》たれたのだろうか。わからない。不思議だ。

もうすぐ夜が明ける。

ハルヒロは岩壁をよじ登り、ある穴の真横にしがみついていた。

岩壁の下に目を落とせば、仲間たちとK&K海賊商会KMOのモモヒナ、ジミー課長、それから専務のジャンカルロとルナルカの海賊ツィハ、おまけに、後ろ手に縛ったうえ猿轡《さるぐつわ》を噛《か》ませたハニー・デンがハルヒロを見上げている。

高所はべつに苦手ではないが、この高さで、下は岩場だ。間違って落下したら大怪我《おおけが》をするだろう。メリイがいるし、即死しなければ平気か。頭だけは打たないようにしないと。うん。大丈夫、大丈夫。

首を伸ばして、直径一・二メートル程度の穴をそっとのぞきこむ。

奥行きは二・五メートルといったところだ。この穴でも海鳥が巣を作って産卵し、雛《ひな》が

巣立つといったドラマがあったのだろう。羽毛やら巣材らしい木の枝やら何やらが散乱している中、というかその上で、一人の男が高鼾《たかいびき》をかいている。こっちのほうに足を向けているので容貌は確認できないが、ロロネアから三、四キロも離れているこんな場所で寝泊まりしている人間はそうそういないだろう。まず間違いない。

この男が赤目のベンことベンジャミン・フライだ。

ハニー・デンの証言によると、グレートタイガー号が沈められてからも、ベンはロロネアで連日、竜に狙われた。しかし、悪運が強いのか何なのか、どうにかこうにか難を逃れつづけたようだ。

ベンとハニー・デンは、エメラルド諸島を出る方法を探していた。ところが、竜騒ぎの影響もあって、ベンとハニー・デンのような悪評しかない男を乗せてくれる船はなかなか見つからない。こっそり乗りこむことも考えたようだが、もしばれたら袋叩《ふくろだた》きにされるだけではすまないだろう。きっと海に放りだされる。そうなったら助かる見込みはない。

ハニー・デンは破れかぶれになって臨時市場で飲んだくれるようになったが、ベンはあきらめなかった。この隠れ家を拠点にして、昔からの知り合い、札付きのろくでなし、海賊の中でも蔑まれている下の下の下衆海賊どもを脅迫したり、おだてたり、すかしたりして、船に乗る手立てを模索しているのだという。

それも今日で終わりだ。どうやって終わらせるか。

ハニー・デンが言うには、お宝はベンが隠し持っており、その所在は不明なのだとか。衣類の中に隠し持てるような大きさではないので、持ち歩くとしたら、たとえばバッグにしまうなどする必要がある。ロロネアで寝起きしていたころは実際そうしていたが、ハニー・デンが知るかぎり、ねぐらをこの隠れ家に移して以来、ベンはいつも手ぶらだという。お宝はどこにあるのかとハニー・デンが尋ねると、「何だおめえ、盗む気か」と凄《すご》まれ、殺されそうになったので、それ以上は訊かなかったらしい。

お宝はこの穴の中にあるのだろうか。見たところ、バッグのようなものは見あたらないが、あるいは枕にしているのかもしれない。

ベンとハニー・デンは、海岸沿いルートで竜の巣に向かう前、ここで一泊したようだ。ベンはこの穴を使い、ハニー・デンは隣の穴で寝た。つまり、ハニー・デンに隠れ家の場所が割れていることを、ベンは知っている。用心のため、お宝をまったく別の穴に隠すくらいのことはするだろう。

ハルヒロの推理では、ロロネアを攻撃している竜の目的はお宝の奪還だ。お宝のありかをベンから聞きだしたい。素直に吐くだろうか。

深い呼吸をする。さらに深く。もっと深く。

岩壁にへばりついている状態なので、足が地面に接していない。沈むというよりも、岩壁の中にすっと入りこむ。岩壁と一体化する。そんなイメージだ。

隠形《ステルス》。

――だめか。

入れそうで入れない。何だろう。ぜんぜん無理、という感じではない。何かがずれているのか。噛みあわない。たぶん、あとちょっとなんだけど。そのちょっとが大きい。

やっぱりスランプなのか。こういうときはどうすればいいのだろう。前は普通にできていた。できるはずだ。できないわけがない。できないなんておかしい。そんなふうに思えば思うほど、焦ってしまう。落ちつけ。開きなおろう。言うは易《やす》く行うは難しだ。

下で見ている仲間たちは、あれ、ハルヒロ何やってんだろ、と怪しんでいることだろう。ぐずぐずしてはいられない。すっと入ることはできないが、まったく隠形《ステルス》ができないわけではないのだ。よし、やろう。

いったん決意したら、もうためらわない。ハルヒロは穴に入りこんだ。音はほとんど立てていない。ベンはまだ鼾をかいている。

ハルヒロは右手でダガーを抜いた。途端に右膝を蹴られた。

「ぐっ……」

怯《ひる》んだところを連続で蹴りまくられ、ハルヒロは穴の外に押しだされそうになった。

とっさに左手と両足を突っぱって持ちこたえる。赤目のベン。こいつ、寝てなかったのか。目が覚めてたんだ。いつから？

「んでああああ……！」

ベンは身を起こし、さらにハルヒロを蹴ろうとする。ハルヒロが「くっそ……！」とダガーを突きだして牽制《けんせい》すると、ベンは足を引っこめた。

「てめ、なにもんだ！」

手で何か探っている。お宝か。違う。湾刀だ。ベンは穴の奥で窮屈そうにしゃがむ体勢になり、湾刀の鞘《さや》を払った。切っ先をこっちに向ける。

「なにもんなのかって訊《き》いてんだ！　答えろ、この野郎！」

ハルヒロは黙りこくっていた。今の段階では極力ベンに情報を与えないほうがいい。しかし狭いな、この穴。これだと奥にいるベンのほうが有利だ。

ハルヒロは思いきって穴の外に出た。

「あ、こら……！」とベンが叫ぶ。

ハルヒロはその穴からあまり離れず、岩壁伝いに出た方向の逆側へと回りこみ、そこで待つことにした。

「ハ……」

ユメが呼びかけようとした。ハルヒロは下を向いて首を振ってみせる。ユメは慌てて両手で口をふさいだ。

ベンはなかなか出てこない。

何も考えるな。ベンはどういうやつだとか、やつがこんなふうに出てきたらどうするとか、想像を巡らせている間に事が起こったら、反応が遅れてしまう。とにかく、出てきたら対処する。それだけでいい。

やがてベンがひょいと顔を出した。ハルヒロがいるのとは正反対のほうを向いている。

「んん……!」とハニー・デンが猿轡越しに声を出した。

ベンは声に気づいて、下を見た。

「おめえ……」

「んんんんん……!」

ハニー・デンはベンに何を言おうとしているのか。わからないが、ベンはぎょっとしている。今だ。

ハルヒロはベンに飛びかかった。まずベンの右肩にダガーを突き刺して、もつれあい、穴の中に転がりこんで、取っ組みあう。

「てめえこのクソが、何のつもりだ、痛えだろうが……!」

「卵はどこにある……!?」

「ハニー・デンめ、べらべらと! ここにはねえよ、馬鹿……!」

「だろうな、どの穴に隠した!?」

「知らねえなあ!」

右肩に深々とダガーが刺さったままで、ベンはろくに右腕を使えない。湾刀も手放した。ハルヒロとしては絞め落としたい。気絶させてしまえば、あとはどうとでもなる。

「今のうちだ！　素直に話すなら逃がしてやる！」

「言える立場かよ！　どこの馬の骨だかわからねえ若造が、思い上がるな……！」

思い上がっているつもりはない。むしろ、ハルヒロは必死だ。この男、力が強い。それに、臭いが。何だこれ。ひどい。臭いなんてものじゃない。腋臭《わきが》なのか。種別不明の悪臭だ。鼻で息をしないようにしても、刺激臭を感じる。こうやって組みついているだけで、きつすぎるほどきつい。頭が変になりそうだ。

「──くっさいなあ、ほんっとに、マジで……！」

「うはははははははっ！」

しまった。それまでベンは、ハルヒロを振りほどこうとしたり、指を目に突き入れようとしたりしていたのだが、自分の臭さが武器になると踏んだのだろう。めちゃくちゃ体をくっつけてきた。なんてことを。吐きたい。気が遠くなる。こいつ、殺す。絶対、殺す。臭すぎるから殺す。

「ぐううううあああああああああああああああああああああ……！」

ハルヒロは渾身《こんしん》の力を振りしぼってベンを岩に押しつけた。ベンの後頭部を岩にがんがんがん打ちつける。ベンもわめきながら反撃してきた。上になり、下になる。鳩尾《みぞおち》を

膝蹴りされて、これがそうとう効いた。やばい。ひっくり返り、組み敷かれると、頭が穴の外に出ていた。

「この野郎！　この野郎！　この野郎！」

首を絞められている。両手で。右手にも力が入るのか。火事場の馬鹿力というやつか。ベンの左目は赤褐色どころか真っ赤に見えた。鼻汁や唾液が落ちかかってくる。汚いって。もうやだ。最悪だ。

岩壁の下で仲間たちが口々に何か叫んでいる。

ハルヒロはベンの右肩に刺さっているダガーの柄《つか》をつかんだ。

「あああ痛ええええええええ……!?」

ベンの右手の力がゆるんだ。ハルヒロは抜けだそうとし、ベンはさせまいとする。お互い無我夢中だった。とくにハルヒロは窒息寸前で、死にものぐるいだった。

気がついたら、落下していた。

「おおおおお!?　ちくしょう！　おおおお！　おおおおおおおおおおおおお……!?」

ベンはハルヒロの体を下に向けようとしていた。ハルヒロをクッションにして助かるつもりだ。死ぬかな、これ。いやいやいや。おれのほうが若いし。若いから何なのか、ハルヒロにもよくわからないが、そう思った。まだ若いんだし、死ねないって。それが力になったのかどうか。

「ああああああああああああああああぁぁぁぁぁぁっ……!?」

　全身をねじって、あとは運を天に任せた。

　砕け、潰れる音を聞いた。

　ハルヒロの下で、ベンは両目を見開いている。顎が完全にゆるんでいて、口も開きっぱなしだ。

　自分も無傷ではないことはわかっていたが、一刻も早くこの男から離れたかった。立ち上がろうとしたら、体のあちこちに激痛が走り、思わず悲鳴をあげた。無傷ではないどころか重傷なんじゃ？　というか、あれあれ？　意識が、薄れ……？

　すぐにメリイが駆け寄ってきて、光の奇跡《サクラメント》をかけてくれなければ、いったいどうなっていたことか。

　ベンはだめだった。頭や背骨、たぶん内臓もひどく損傷して、ほぼ即死だったようだ。

「……うわぁ。どうしよ……」

　ハルヒロはうずくまって頭を抱えた。腕が立つとハニー・デンから聞いていたのに、見くびっていた。まさか、あんなにしぶといとは。そして何より、あそこまで臭いとは。

「卵の、場所は……」

　シホルはそこまでしか言わなかった。ごめんなさい。察してください。

　みんなため息をついたり、顔をしかめたり、呆然《ぼうぜん》としていたりする。ですよねえ……。

そんな中、クザクがハルヒロの隣にしゃがんで、「うん」とうなずいた。

「でも、よかったっすよ。俺、一瞬、心臓止まるかと思ったけど。こうやって、生きててくれたわけだしさ。それがもう何よりっていうか。まぁ、なんとかなるって。俺ら今まで、なんとかしてきたんだし」

それからクザクは、「よし！」とハルヒロの腕をつかんで、自分もろとも立った。

「探そ、探そ！　きっと、どれかの穴にあるよ。穴、いっぱいあるけどさ、人数いるし、すぐ見つかるでしょ」

天使か、おまえは。——と言いそうになったが、何か誤解を招きそうな気がする。天使にしてはでかすぎるし。でかさは関係ないか。ハルヒロは洟《はな》を啜《すす》った。

「……前向きだな、クザク、おまえ」

「ハルヒロとか、みんなのおかげだよ」

「さらっと言うよね、そういうこと……」

「そういうことって？」

「いや、いいけど」

岩壁の穴は、無数とは言わないまでも、数十どころか百くらいはある。しかも、赤目のベンがお宝をいずれかの穴に隠したという証拠はない。さりとて、穴以外に心当たりがあるわけでもない。まずは穴を一つ一つあたってみるしかない。

「これ、登んのかよ。冗談だろ……」

専務ジャンカルロはぼやいていたわりに、すいすい岩壁をよじ登っていった。魔法使いにしてカンフーマスターのKMOモモヒナはもちろん、その気になれば壁歩きくらいやってのけそうなので、何の問題もない。ジミーとツィハはハニー・デンの監視役として地上に残ることになった。シホルもジミーらと一緒にいてもらい、ハルヒロ、クザク、ユメ、メリイ、セトラ、そしてキイチはそれぞれ穴を一つずつ探ってゆく。

七人と一匹がかりなら、むろん時間はそれなりにかかるだろうが、途方もない作業というほどではないかもしれない。とくにキイチは、一匹で二人か三人分の働きをしてくれそうだ。

しばらく穴を探っていると、竜が飛んできたとシホルが教えてくれた。見れば、ロロネアの上空を三頭の竜が旋回している。

昨日も竜は一度ロロネアに下り、建物を何軒も破壊した。お宝が見つかったとして、たとえばそのへんに置いておいたら、竜はそれを持ち帰り、一件落着、ということになるのだろうか。竜の気持ち次第か。

さらに穴を探っていたら、「おーい、おーい！」と呼びかけられた。間違いなくシホルの声だ。でも、おーいって。なんだかシホルらしくない。何かあったのか。ハルヒロはお宝探しを中断し、穴から身を乗りだした。シホルはロロネアの方角を指さしている。

「りゅ、りゅ、竜がっ……！」

「え？　竜……？」

何ということでしょう。

視線をロロネアのほうに向けると、さっきまで市街地の上をぐるぐる飛んでいた竜たちのうちの一頭が、こっちに近づいてきつつあるではありませんか。

「や、やばっ……い、よね？　え？　ど、どうすれば……？」

「とりあえず、私たちは退避します！」

ジミーはツィハの背中を叩《たた》いて、ハニー・デンの尻を蹴飛ばした。シホルの服の裾をつかんで、「来て！」と引っぱる。

「皆さんは穴の中に！　たぶん、我々のほうが危険だと思うけど！」

穴の中？　いいのか？　大丈夫？　ジミーとシホル、ツィハ、それにハニー・デンはもう全力疾走している。ハルヒロは竜に目をやった。一頭だけだし、そんなに速くないような。いや、一頭でも充分やばいし、遅くはない。というか、速いって。ハルヒロは慌てて穴の奥まで下がった。

竜が来る。気配というか音がする。ギャアアアアアアアアァァァァという甲高い鳴き声が轟《とどろ》いた。風も感じた。これは竜が羽ばたく音なのか。着地しようとしているのかもしれない。そんな感じがする。

竜は？

もう着地したのか？

何をしているのだろう？

動いている、――ような……？

気になる。好奇心というより、シホルが無事なのかどうか。もしシホルが竜に狙われていたら、助けないと。こっちに注意を引きつけてから穴の中に閉じこもれば、竜は入ってこられないだろう。たぶん。まあ、何かやりようはあるはずだ。

ハルヒロは四つん這《ば》いになって穴から首だけ出した。

竜はいた。

ハルヒロがいる穴のちょうど真下あたりだ。

岩場で何かやっている。

大きい。

今は翼を折りたたんでいるが、それでも二十メートル以上あるのではないか。エメラルド。まさしく全身がエメラルドに覆われているかのようだ。美しい。ありえないほどきれいだ。あれが生き物だとはちょっと思えない。でも、動いている。犬が匂いを嗅ぐときのように頭を下げて、竜はいったい何をしているのか。

シホルたちの姿は見あたらない。どこかに隠れたのか。

ハルヒロは顔を引っこめた。竜が翼を広げようとしたのだ。

怖い。下がる。後退する。ハルヒロは穴の一番奥まで下がった。

竜が飛んだ。音や風だけじゃない。上昇してゆく竜を、ちらっとだが、自分の目で見た。

ほぼ真下にいたので、ハルヒロがいる穴の前を通っていったのだ。ワイバーンとは違う。

ワイバーンは鳥と同じように前脚が翼として発達していた。エメラルド諸島の竜は背に翼が生えていて、後脚のようにしっかりしてはいないものの、ちゃんと別に前脚がある。前脚というより、あれは腕だ。手に何か持っていたような……？

竜がまたギャアアアアアアアアアアアアアアアアアアァァァァァァァと鳴いた。

その直後だった。

しゅっ……と、何かがものすごい速度で落下していった。

そのあと、ぺちゃっという音がしたような、しなかったような。

竜が投げたのだろうか。あの手に持っていたものか。

静かになった。

竜は？　去ったのか？　それとも、まだ上にいるのか？

ハルヒロはだいぶ逡巡《しゅんじゅん》したあげく、穴からなるべく体を出さないようにして、まず上空を確認した。いない。ロロネアのほうにはいる。何頭だろう。一頭、二頭、……三頭。どうやらさっきの竜はすでに飛び去り、あの中に加わっているようだ。

「シホル……!?　シホル……!」

ハルヒロは穴から出て岩壁を下りた。下りきる前に、向こうのほうからシホルとジミー、ツィハ、ついでにハニー・デンが駆けてきた。四人はできるだけ遠くに逃げて、岩場の低く落ちこんだ場所に身を隠していたらしい。おかげで無事だった。ということは、竜は端《はな》からシホルたちなど眼中になかったのだろう。

モモヒナやジャンカルロ、クザク、ユメ、メリイ、セトラ、そしてキイチも、穴から出て岩壁を下りてきた。

「何だったんだ……」

ハルヒロは呟《つぶや》いて、うっ、と口を手で押さえた。何だったんだも何もない。

岩場に肉片や骨片、臓物片らしきもの、それから血が撒《ま》き散らされている。そういえば、おれが殺したんだよなと、今さらながら思う。やらなければやられていただろうし、しょうがなかったんだけど。もしかして、人間を手にかけたのはこれが初めてだったりするのではないか。気持ちよくはないものの、罪悪感は正直ない。これまでずいぶんたくさんの命を奪ってきた。相手が人間だからといって心を痛めるほど、純真じゃない、ということなのかもしれない。赤目のベン。ベンジャミン・フライは稀《まれ》に見るクソ野郎だったし。でも、ここまで生前の面影が欠片《かけら》もない有様になってしまうと、不憫《ふびん》に思いはしなくても、はかなさのようなものを感じる。

ハニー・デンはさすがにショックなのか、座りこんで赤目のベンだったものを凝視している。

ハルヒロは軽く頭を振って、一つため息をついた。

「……竜は、こいつの臭いを嗅ぎつけてきたのかな」

「仕返しするつもりが、くたばってやがったから、腹いせに、——ってことか」ジャンカルロは肩をすくめてみせた。「これで気がすんでくれりゃあいいんだがな……」

「それはどうでしょうね」

ジミーはロロネアのほうを指さした。

竜が降下しようとしている。

「ふ？」とユメが首をひねった。

モモヒナは「んにょ？」と目をすがめた。

「あろろ？　町よりも、北のほうじゃないかにゃあ……？」

「北って——」

クザクは絶句した。

ジャンカルロが走りだした。

「様子を見てくる！　今、臨時市場がやられたら、しゃれにならねえ……！」

15・ネゴシエーター

屋台も露店もへったくれもない。どれもこれもぐちゃぐちゃだ。人間が、オークが、いろいろな種族の者たちが、血まみれになって倒れている。半分潰れている者、体の一部がちぎれている者も多い。腕や脚、頭部が転がっていたりもする。彼らは竜がこの臨時市場に下りてくるとは夢にも思わなかったのだろう。おい、なんか変だ、こっちに来るぞ。誰かがそう叫んだときにはもう手遅れだったに違いない。

まったくしゃれにならない惨状だ。

三頭の竜はすでに飛び立って、ロロネアの上空を旋回している。

「……生きている人を助けないと」とメリイが言いだして、もっともだと思い、手分けして生存者を探そうとしたら、竜たちがまた降下を始め、それどころではなくなった。町の中はまずいだろうし、密林に避難するしかない。でも、密林は安全なのか。竜が密林に入ってこないとは限らないので、いざとなったら一戦交えるしかない。そんな覚悟までしかけたが、竜たちは幸い密林のほうには下りてこなかった。臨時市場からロロネアの市街に逃げこんだ者が相当数いたらしい。竜は彼らに狙いを定めたようだ。町のそこかしこで土煙が上がり、市街から遠く離れた密林にまで人々の悲鳴が微《かす》かに聞こえてきた。

結局、午過《ひるす》ぎに竜が飛び去るまで、ひたすら密林の中で息を殺していることしかできな

かった。それから臨時市場で生存者を捜索しはじめたのだが、息がある者は一人も見つからず、そうこうしているうちに竜たちが戻ってきて、ふたたび大慌てで密林に退避する羽目になった。どうやら竜たちは漁場で食事をしてきたらしい。腹を一杯にしてまたロロネアで大暴れし、夕方近く、巣に帰っていった。

そんなわけで、被害の全容が判明したのは夜になってからだった。

おびただしいとしか言いようがない。わかっているだけで死者は八十人以上、負傷者は三百人を超える。聞くところによると、市街を逃げ惑ったあげく、桟橋や埠頭《ふとう》から海に飛びこむ者があとを絶たなかったようだ。そのせいもあってか、港の被害はとりわけ大きかった。一番、三番、四番桟橋は徹底的に破壊され、一番埠頭と二番埠頭も半壊したので、まともに使えるのはもはや五番桟橋だけだ。港の近くに建ち並ぶ倉庫群も竜に打ち壊され、大量の穀物、塩漬けの肉、魚、野菜の酢漬け、果物、そして酒などがだめになった。

ロロネアは壊滅的打撃を受けた。そして、竜は明日以降も襲来するかもしれない。

日が沈むと、海賊たちが金や飲食物を巡って争いはじめた。自暴自棄になって相手かまわず喧嘩《けんか》をふっかける海賊もいた。竜を恐れて沖に停泊していた船が五番桟橋に殺到し、大渋滞して大混乱に陥っているようだ。海賊たちを統制するべく、ジャンカルロやモモヒナ、ジミーがあちこち駆けずり回っているが、午後から垂れこめてきた雲がついに雨を降らせはじめても、町は一向に落ちつく様子がない。

このままロロネアにいてもどうしようもないというか、危ないだけだ。ハルヒロたちは雨の中、例の岩壁に引き返した。ルナルカの海賊ツィハはついてきた。

岩壁では、ハニー・デンが「んーんーんーんー！」とハルヒロたちの帰りを喜んだ。いや、べつに喜んではいないのかもしれないが、後ろ手に縛られ、猿轡《さるぐつわ》を嚙《か》まされて、左右の膝と足首を縄で固定したうえ、腰縄をかけてその先を岩の出っぱりに結びつけるという状態で放置されていたので、いくらかはほっとしているだろう。空腹だったりもするかもしれないし、途中からは雨も降りだしたので、快適とは言いがたい環境だったに違いない。それでも、一向に「んーんーんーんー！」とわめくのをやめないところを見ると、そこそこ元気そうだ。

なぜ岩壁に戻ってきたのか。理由の一つは、ここにハニー・デンを置き去りにしてロロネアへ向かったからだ。緊急事態でやむをえない仕儀だったとはいえ、ちょっとひどかったかなと思わなくもないし、そのままにしておくのはさすがに寝覚めが悪い。

腰縄と両脚の拘束だけ解《ほど》いてやり、ハニー・デンを連れて雨宿りできる場所を探した。少し行ったところにちょっとした洞穴があったので、そこで一休みすることにした。

みんな言葉少なだった。クザクは断りを入れてから横になり、すぐ寝ついた。

ハニー・デンがあまりにんーんーうるさいので、猿轡を外してやったら憐《あわ》れっぽく食べ物を欲しがった。持っていた保存食をくれてやると、ようやくおとなしくなった。

外が明るくなってきた。雨はやんでいない。ツィハが言うには、雨降りの日、竜は巣から出ないことが多いという。だとしたら、一息つける。ハルヒロは重い腰を上げた。

「……夜も明けたみたいだし、そろそろ探しに行こうかな」

「しかし、どの穴に隠してあるのかわからんだろう。それどころか、ここにはないかもしれんぞ」

セトラの言うとおりかもしれない。でも、そうではないかもしれない。

ハルヒロは洞穴の出口付近から外の岩場を眺めた。雨でだいぶ洗い流されてしまっただろうし、残骸さえすぐには見つけられないが、このあたりで生涯を終えた赤目のベンは、お宝はどこにあるのかと尋ねたハルヒロに、ここにはねえよ、馬鹿、と答えた。そうだよな、とハルヒロは納得したものだった。

考えてみれば、不思議というか、我ながら迂闊《うかつ》というか、抜けているというか、ベンに馬鹿呼ばわりされてもしょうがないというか。

ベンジャミン・フライはどこからどう見ても正直者ではなさそうだった。平気で他人を騙《だま》くらかし、とっさの嘘《うそ》で相手を翻弄しようとする。きっとそんな男だったはずだ。やつが白と言ったら黒ではないかと疑うのが筋というものだろう。

「なかったらなかったで、そのとき考えよう。とりあえず、みんなはここにいて。おれ一人で平気だから」

ハルヒロは洞穴を出た。離れて見るとわからなかったが、ベンの血肉が岩にこびりついてまだ残っていた。ということは、ちょうどこの上あたりか。

雨のせいで滑る岩壁を注意深く登った。問題の穴に入ると、中は真っ暗に近かった。まあでも、なんとかなるだろう。海鳥が巣材として集めてきた木の枝や、何かわからない物体をどけつつ、手探りする。気のせいだろうか。たまに死んだ男の体臭を感じる。あの男はここで寝ていたのだ。ちょうどこのあたりに頭を置いて、そして――、背中。いや、このへんは腰か。赤目のベンが眠るために身を横たえると、尻の上がこのくらいの場所だったはずだ。

やわらかい。というか、もともとへこんでいたか、掘ったかして、その上に枝やら何やらを敷きつめていたのだろう。それらを取りのぞいてゆくと、出てきた。

あった。

厚手の麻か何かで出来たバッグだ。

バッグを引っぱりだした。開けてみる。ハルヒロは息をのみ、ゆっくりと吐きだした。

「……これが」

バッグを閉めて担いだ。穴から出ると、下にクザクやメリイ、セトラとキイチがいた。ユメとシホル、ツィハは、ハニー・デンを見張っているのだろう。

「あったよ」

「え……」

「にゃあ?」

「何だと」

「マジっすか……!?」

みんなびっくりしている。ハルヒロもその可能性に気づいたときはいろいろな意味で驚いた。一番は自分の馬鹿さ加減に呆《あき》れたのだが、赤目のベンがここにはないと言うのなら事実はその反対で、じつはあるんじゃないかと考えるべきだったのだ。猜疑心《さいぎしん》もかなり強そうなあの男が大事なものを隠すとしたら、どこなのか。ねぐらにしていた穴の中がもっとも怪しいに決まっている。

岩壁を下り、クザクたちと一緒に洞穴に引き返した。ハルヒロが持っているバッグを見るなり、ハニー・デンが「あっ」と叫んだ。あらためてバッグを開ける。中に突っこんである大量の枯れ草や布きれは、緩衝材のつもりなのか。あの男なりに大切に保管していたのだろう。枯れ草を手で払う。それは艶《あで》やかだ。深緑色なのか。陽光の下で見たら、もっと鮮やかな緑色だろう。

卵。たしかに卵型だ。大きさは、一番膨れているところの直径が二十センチほどだろうか。小さくはないが、あの竜の卵なら、もっと大きくてもいいような気がする。指で弾《はじ》いてみた。硬い。まるで石だ。ちょっとやそっとのことでは傷つきもしないだろう。

持ってみた。

「重い……」

やはり石だ。石の重量としか思えない。

メリイが卵に手をあてて、目をつぶった。

「……とても冷たい。本物の卵なのかもしれないけど、孵化《ふか》することはないと思う」

「卵の化石、とか……？」と、シホルが卵よりメリイの表情をうかがいながら言った。

「そうかもしれない」

メリイは目を開けた。慌てたように手を引っこめる。

「……よく、わからないけど。ただ、そんな気がしただけで……」

クザクは腕組みをしてうなずいた。

「食えはしないってことっすよね？」

「……食いたいか？」

ハルヒロが訊《き》くと、クザクが真顔で「え？　食ってみたくない？」と返してきた。

「いや、おれはあんまり」

「あぁ。ハルヒロはあれだもんな。食い物はけっこう保守的だよね」

「この場合はそういう問題でもないんだけど……？」

「あのなあ、金貨五千枚の価値はあろうって代物なんだぞ、おまえら……」

ハニー・デンが苦虫を嚙み潰したような顔をしている。

「ふぉーう……」ユメは首をひねった。「ごせんまい？　むむむ……？」

「きんっ……」

ハルヒロは思わず卵を取り落としそうになり、クザクが「うおっ」と飛びのいた。

「ご、五千って！　五千ゴールドってこと!?　まちゃくちゃ大金じゃね!?　まちゃくちゃって何って話だけど……」

「少なくとも、ベンは俺にそう言ってやがったぜ。本当かどうかは知らねえがな。金貨百枚でも、一生暮らせる。そのつもりだったのによ……」

ハニー・デンは肩を落として、くそ、だの、ちくしょう、だのとぶつぶつ言っている。

この期に及んで自分の不運を嘆いてみせるクズさはある意味、圧巻だ。

「あんたらのせいで、人が大勢死んじゃってるんだけどね……」

「俺が考えついたわけじゃねえ。それに、俺が荷担しなくたって、ベンは一人でもやったと思うぜ。悪いのはやつだ。やつがいなけりゃあ、こんなことには絶対なってねえわけだしな。そうだろ？」

「何が、そうだろ、だ」

セトラは冷たい横目でハニー・デンを一瞥《いちべつ》した。キイチもおっかない顔で虫歯男を睨《にら》んでいる。

「ハル、この男はもう用済みだろう。始末したほうがいいんじゃないか。息をしているだけで邪魔だし、害悪だ」

「そ、そんなこと言うなよお！　こ、こう見えて、俺は何かと役に立つって！」

「とてもそうは思えんな」

「いや、だからベンの野郎も俺を誘ったんだって！」

「やつは一人でもやっただろうと、貴様自身が言っていたじゃないか」

「そ、それは、あれだ、何だ、ええと、ほら、言葉の綾《あや》ってやつで、な……？」

用済みかどうか。迷うところだ。仮に用済みだとしても、殺す必要はないと思うが、いつまでも見ていたいような顔では正直ない。どうしよう。

「ツィハ、これ、見たことは？」

ハルヒロは念のために尋ねてみた。

ツィハはしばらくじっと卵を眺めていたが、「ナイ」と首を横に振った。

「デモ、タブン、リュウノタマゴ。リュウニ、カエス、イイ。カエサナイ、リュウ、オコッタママ」

「どうやって返したらいいんかなあ？」ユメは眉をハの字にして膝を抱えている。「竜たち、ものっそい頭にきてるみたいやんかあ。たとえばやけどな、ユメがその卵を持ってったとするやんか。そしたらなあ、ユメ、竜に食べられてしまいそうやんなあ？」

「もうさ、そのへんに置いとくとか」クザクはそう言ってすぐ、自分の額を拳で二、三回叩《たた》いた。「……だめか。いや、だめなのかな？　わかんねーけど、どっちにしても、町を襲うのはやめないような気も。完璧にブチキレてるもんなぁ」

「船も、出せそうにない、ね……」

シホルは洞穴の外を見やって、深々とため息をついた。

ハルヒロは「返す、か……」と呟《つぶや》いた。

「返す……」とクザクが鸚鵡《おうむ》返しに言って、洞穴の天井を仰いだ。

ユメが「……返す？」と頭を九十度倒した。

「もしユメがなあ、誰かに何か返さないといけなかったら、返しに行くかなあ？」

「返しに行く……」メリイは顎を引いてうつむいた。「竜の巣に？」

「お、俺はいやだっ！」

ハニー・デンが叫ぶなり洞穴から逃げだそうとした。すかさずセトラが足払いをかけて転ばせる。下が平らとは言いがたい岩なので、「うぎっ」と呻《うめ》いたハニー・デンの顔は傷だらけだ。

「い、いやだ、あそこには行きたくねえ。あんなとこにもういっぺん行くくらいなら、死んだほうがましだ。いや、それは言いすぎだけども。もっといい女をいっぱい抱いて、ほっぺたが落ちるほど甘い物をたらふく食うまで、俺は死ぬわけにはいかねえんだ……」

「何なんだ、こいつは……」

セトラはドン引きを通り越して、軽くおののいている。ほんとに、ねえ。

放っておいたらハニー・デンは匍匐《ほふく》前進して洞穴から出てゆきそうだから、ハルヒロはしょうがなくやつの背中を踏んづけて止めた。

「ぐぉあひぇやぁっ!?　この人でなしめぇぇぇぇ」

「うるさいよ。……ていうか、あんたに人でなしとか言われたくないんだけど」

「だったら俺を放せ。自由にしろ。そうしたらおまえを聖人君子として記憶してやる」

「調子に乗るな。竜に食われたいのか？」

「ご、ごめんなさい、も、もうしません、許してください、どうかお慈悲を……」

何かこうやって踏んでいるだけで、刻々と心が汚れてゆくような気がしてくる。でも、足をどけたら、この男は十中八九、逃げようとするだろう。

「……二度と行きたくないって言うけどさ。あんたは足を踏み入れなかったんだろ。赤目のベンは一人で竜の巣に入って、ちゃんと帰ってきた」

「あの野郎はちょっと変なんだよ。頭の具合がよう。俺はまともだからよう……」

「手前までの道はわかるんだよな？」

「……手前まではな。その先は地図もねえしよう。あんな場所に分け入っていくなんざ、正気の沙汰じゃねえよう」

「だがな、ハル」

セトラがハニー・デンに向ける眼差《まなざ》しは汚物を見るときのそれだ。だったら見なければいいのだが、つい見てしまう。ここまでのクズはそうそういないからか。

「私たちがそこまでする義理があるのか？　卵の現物を見つけた時点で、竜がロロネアを襲う理由は突き止められたと言ってもいいだろう。私たちの仕事はそこまでのはずだぞ」

「そうだね。セトラの言うとおりなんだけど……」

雨は降りつづいている。少し小降りになっただろうか。竜は今日も飛んでくるのか。五番桟橋に押し寄せていた船はどうなっただろう。きっとほとんどの船は接舷できなかったのではないか。雨だけではなく、風もそれなりに強い。海は時化《しけ》ている。

ロロネアは海賊の町だ。あの町で消費される物資の大半は船が運んでくる。船による輸送が機能しなくなったら、住民はたちまち餓《う》えることになるだろう。魚でも釣って食べるか。密林の実りを求める手もあるが、そうなったらルナルカが黙ってはいまい。

心しなければならないのは、これはもう彼らの問題ではないということだ。ハルヒロたちは今、この島にいる。自分たちも当事者なのだ。

ジャンカルロかジミーに会うべきだろう。ルナルカの意見も訊きたい。ツィハに頼んで、族長の跡継ぎである兄のムァダンを呼んできてもらうことにした。クザクがツィハに同行するという。ハルヒロはロロネアまでひとっ走りして、ジャンカルロを捜した。

町の中は荒廃しきっていた。出歩いている者は全員、暴徒だと見なしたほうがよさそうだ。こそこそ隠れながら港に向かうと、五番桟橋にはまだ船が何隻も横着けされていて、人だかりができていた。何かずいぶん揉《も》めているようだ。近づいてゆくと、ジャンカルロが海賊たちを怒鳴りつけ、相手も怒鳴り返していた。今にも殴りあいが始まりそうだ。そこにモモヒナが割って入ると、すぐさま海賊たちがひれ伏した。どうやら、事なきをえたようだ。ジミーがいる。ハルヒロは彼に声をかけた。

「課長」

「……ああ。あなたですか。無事だったようで、何よりです」

「だいぶ疲れてるっぽいですね。大丈夫ですか」

「私は不死族《アンデッド》なので。何か話でも？」

ハルヒロは声をひそめて卵を見つけた旨を報《しら》せた。ジミーだけではなく、ジャンカルロとモモヒナも一緒に行って卵の実物を確認しつつ、今後について相談することになった。

ロロネアをあとにして間もなく、雨が降っているのに竜が飛んできた。竜に五番桟橋まで潰されてしまったら、島から出る手段が本格的になくなる。いや、そんなことにはなるまいと思えるほど、ハルヒロは楽天的ではない。おそらくそうなるだろう。ジャンカルロたちも半ばあきらめているようだ。疲れてもいるのだろうが、竜を見ても、とりたてて驚きはせず、先行きを憂えてもいない様子だった。

ツィハとクザクはムァダンを伴って先に戻っていた。ムァダンはハニー・デンにはそう伝えていて、何とかという儀式の生け贄《いにえ》にするのがふさわしいと主張したが、ひとまず待ってもらうことにした。何はともあれ、竜の卵の扱いをどうするか。あるべき場所に返すのがいいというのがムァダンの考えだった。

「これが竜の卵か、オレわからない。だが、竜の大事なもの。間違いない。ルナルカは盗《ぬす》人《びと》に罰を下す。盗んだもの、もとどおり返させる。盗んだもの、盗んだ場所に戻す。そして謝罪する。おまえたち人間も同じだ。竜も同じ。盗んだもの返す。それ以外ない」

「おおむね賛成だな」とジャンカルロは片手を挙げてみせた。「まあ、それで決着がつくかどうかは、やってみなきゃわからんがね。どうも、おれらが竜に誠意を示す方法はそれしかなさそうだ」

「んにゅー。やるかーっ」

モモヒナは「はいっ」とハルヒロに向かって両手を差しだした。

ハルヒロはとっさに「……はい」とモモヒナの掌《てのひら》の上に左手を置いた。何か違う？

「のーっ。じゃなくってっ！　竜のたまたまくーださいっ」

「ああ……」

たまたまという言い方はどうなのかと思いながら、ハルヒロは竜の卵をバッグごとモモヒナに手渡そうとした。

　でも、いいのかな？

　ハルヒロはシホルを見た。迷ったときはついシホルに救いを求めてしまう。もうすっかり癖になっている。シホルはハルヒロの目を見て、こくりとうなずいた。

「んっ！　たまたまーっ！」とモモヒナにうながされた。

　ハルヒロはモモヒナの手にバッグを乗せる寸前で引っこめた。

「――いや」

「にょ？」

「これは渡せないです。まだ報酬をもらってないんで」

「そのことだがな……」

　ジャンカルロが言いかけたのを、ハルヒロは「わかってます」と制した。

「今は、船を出しておれたちをヴェーレまで送っていけるような状況じゃない。……ですよね。それどころか、極端な話、竜をどうにかしなきゃ明日どうなるかもわからない」

　ジャンカルロは口をへの字に曲げて肩をすくめた。

　ハルヒロは畳みかけた。

「手伝ってもいいですよ。卵を竜の巣に返しに行くの。ただし、報酬を上乗せしてもらいます。K&K海賊商会はそうとう儲《もう》かってたんでしょ。金はありますよね。ちなみに、ハニー・デンが言うには、竜の卵の価値は金貨五千枚らしいです」

島の東岸はほとんど岩浜で、西岸は砂浜が多いようだ。距離的には東岸を北上したほうが近いのだが、西岸のルートは遠回りでも圧倒的に歩きやすい。岸がところどころ断崖絶壁になっているので、そこは密林に立ち入らなければならないが、ツィハとその兄ムァダンが同行してくれている。ツィハが属するカムシカ族は規模が大きく、ムァダンは名高い勇士だから、他の部族にも顔が利く。また、ツィハのもう一人の兄タンバが各部族に話をつけてくれているようだ。おかげでルナルカの襲撃を警戒する必要はない。

出発して程なく雨もやんだ。竜の巣の手前までおよそ二日の道のりは、物見遊山で散策するのとさして変わらなかった。めずらしい鳥を見かけて興奮したり、毒々しいほど体色が鮮やかな虫に恐れおののいたりする余裕さえあった。

「こっから先は、マジでクソみてえにやべえぞ……」

一応、案内役として連れてきたハニー・デンに言われるまでもなく、その山容を目の前にすれば誰でも足がすくむに違いない。

その山は水平方向から見るとおおよそ台形だ。カルデラというのか、たぶんてっぺんが噴火で吹き飛び、火口の部分が大きく凹《くぼ》んでいるらしい。裾野がほぼなく、山腹からずいぶん急勾配だ。高さもそうとうなもので、専用の装備があっても登るのは難しいだろう。

斜面に細い裂け目が口をあけていなければ、きっと何人《なんぴと》たりともこの山に立ち入ることはできないはずだ。

そして、その裂け目こそが見るだに恐ろしい。人が通り抜けられる程度の幅はゆうにあるのだが、高さが百メートル以上、もしかしたら数百メートルに達するので、異様に細く感じる。裂け目の先は真っ暗で、中がどうなっているのか見当もつかない。入れそうなのに、というか、物理的には間違いなく入れるのに、入れないような、入ってはいけないような気がしてしょうがないのだ。

ツィハとムァダンは裂け目に近づこうともせず、遠くからハルヒロたちを見守っている。どのみち彼らルナルカには竜の巣に立ち入らないという掟《おきて》があるので、ここでお別れだ。むしろ、ここまでついてきてくれたことに感謝しなければならない。

ハルヒロは裂け目を見上げた。なんだか胃のあたりがきゅっと締めつけられて、苦しくなってくる。

「今、午過《ひるす》ぎくらいかね……」クザクは空を仰いだ。「このままアタックする？」

モモヒナはすでに裂け目の中に少し入って、きょろきょろしている。

「ほむほむほむ……？」

「お、俺は行かねえからな！」ハニー・デンは座りこんだ。「どうせ俺はこっからちょっと入っただけで引き返したし！　だから役に立たねえし！」

「じゃあ貴様はもう本当に不要だな」

セトラが冷たく言い放つと、ハニー・デンは迅速に土下座した。

「やめてっ！　そんなこと言わないで！　お願いだからよう！」

ちなみに、この男は今もって後ろ手に縛られている。一度解《ほど》いてやったら、すかさず逃げだそうとしたのだ。

メリイは闇の向こうを見すかそうとするかのように、裂け目を凝視している。その傍らで繰り返し屈伸運動をしていたユメが、「ぬーっ」と大きく伸びをした。

「竜は、朝、出ていったし……」

シホルがハルヒロに目配せをした。ハルヒロはうなずき、一つ息をつく。キイチがモモヒナの足許《あしもと》まで進みでて、ひとしきり鼻をひくつかせてから、にゃあ、と鳴いた。

「行こうか」

ジャンカルロとジミーはロロネアに残った。ジャンカルロには専務としてK&K海賊商会をとりまとめたり、無法な海賊連中を抑えこんだりする仕事がある。ジミーの得意分野は頭脳労働だ。竜の巣を探索するより、ジャンカルロを補佐するほうが向いている。

モモヒナが先頭に立ち、ハルヒロ、クザク、セトラとキイチ、メリイ、シホル、ユメの順で一列になって裂け目に入った。モモヒナはランプを持ち、竜の卵をしまったバッグはハルヒロが肩に掛けている。

「あばよ、クソ若造ども！　死にくされ！」

後ろから濁声《だみごえ》が響いて、振り向くとハニー・デンが笑顔でぴょんぴょん跳ねていた。

「……貴様」

セトラが踵《きびす》を返すそぶりを見せると、途端にハニー・デンは「ひぃっ」と悲鳴をあげ、脱兎《だつと》のごとく駆けだした。もっとも、やつの行く先にはツィハとムァダンがいる。

「おぉぉっ……!?　ちょっとまっ、おまえら何しやがっ――」

「いい気味」とメリイが呟《つぶや》いた。

果たしてハニー・デンの運命やいかに。まあどうでもいいし、気にしてはいられない。

裂け目は続く。曲がりくねっているというほどではないが、まっすぐではない。地面はわりと平坦《へいたん》だ。空気はやや冷たく湿っている。風はない。

「あのオッサン、閉所恐怖症とかだったりするんすかね」

クザクと似たようなことをハルヒロも考えていた。ハニー・デンは何をあんなに恐れていたのか。今のところとくに危険な感じはしない。モモヒナはずんずん進む。

「……何か、落ちて?」とシホルが声をあげた。たしかに今、足音以外の物音がした。

モモヒナが足を止めて、「ふむー?」とランプを後方に向けた。キイチがシャッと鋭く鳴き、シホルは「うっ――」と息をのんでメリイにしがみついた。シホルとユメの間くらいの場所で、何か細長いものが身をくねらせている。ユメはあとずさりした。

「……蛇い？　かなあ……？」

「どう、だろ……」

ハルヒロは目を凝らした。それは黒っぽくて、蛇に似てはいるが、虫のようでもある。さりとて、たとえばムカデやゲジゲジのように脚がたくさんあるわけでもないというか、脚らしきものは見あたらない。だいたい、いわゆるムカデよりずっと大きくて、体長はゆうに一メートル以上あるだろう。

「蛇ではなさそうだな」セトラは身構えて、ちらりと上を見た。「……上から、落ちてきたということは、つまり――」

ぼたぼたぼたぼたぼたと矢継ぎ早にその細長い生き物が落下してきて、悲鳴がこだました。ハルヒロも「うおぅっ!?」と叫んでしまった。頭だ。生き物が頭に。けっこう重い。なんかちくちくする。慌てて跳び上がり、生き物を振り落とす。すると今度は左肩、右腕にそれぞれ生き物が落ちてきて、思わず「はぅあっ!?」というような奇声が口から飛びだした。何これ怖い怖い怖い。

「んにゃあ！　びっしりだーっ！」とモモヒナが何やらもっと怖いことをわめいている。びっしり？　びっしりってどういうこと？　ランプの光が揺れる。裂け目の側壁がちらちらと照らされる。側壁がうごめいている。違うじゃん。岩じゃないじゃん。土でもないじゃん。生き物じゃん。細長い生き物がびっしり張りついちゃってるじゃん。

ハニー・デンは言っていた。「あんな場所に分け入っていくなんざ、正気の沙汰じゃねえよう」と。なるほど、こういうことでしたか。たしかにこれはひどい。帰りたい。

「ふぎゃーっ！　負けるなーっ！　突撃だぁーっ！　ごーごーっ！」

　モモヒナが指令を下さなければ、ハルヒロは撤退を決断していたかもしれない。いったん退《ひ》いてしまったら、たぶん二度と裂け目に進み入る気にはなれなかっただろう。

　ハルヒロは半分泣きそうになりながら行け行けと仲間たちの背中を押して進ませ、自分も半狂乱になって進んだ。行くしか。行くしかないんだ。でも、無事にこのやばいアレな地帯を抜けられたとしても、帰りはどうするのこれ。またここを通らなきゃならないんじゃないの。絶対いやなんだけど。

「ぎゃあああ！　背中に入っ……！」とシホルがとんでもない声で恐ろしいことを叫んでいる。どうにかしてやりたいが、ハルヒロも生き物が顔に巻きついてきてわりと死にかけていた。すなわち、亞亞亞である。亞亞亞亞亞亞亞亞亞亞亞亞亞って何だよ。もう意味がわかんない。転んだり、壁にぶつかったりもした。転んでも壁にぶつかっても、そこには細長い生き物がいるのであった。生き物だらけなのだった。ハルヒロはふと、悟りを開くように思ったりした。自分も生き物であるのだから、もはやこれでいいのではないか？　いいわけが！　いいわけがない。断じて、いいわけが！　言い訳をしたい。こん

なはずじゃなかった。軽く考えていた。おれが悪かったんだと心の底から後悔した。だって、赤目のベンは実際しぶとい男だったけど、所詮は海賊だったわけで、おれたちはほら、何？　義勇兵っていうかもうそこそこ経験なくもない冒険家だし？　やつが一人で行って帰ってこられたんだから正直、ぶっちゃけ言うと、じつは余裕だったりするんじゃないのという考えがなかったとは言えない。まあ、あるにはあった。むろんみずから戒めはした。油断するなよと。何事も甘く考えてはいけませんよと。でもやっぱり、赤目のベンにできておれらにできないっていうのは、ありえなくない？　みたいな気持ちを拭い去るのはなかなか難しかったし、所持金が大変心許ない状況で、うまくいったら大金をせしめられるのであれば、先のことを考えるとうれしい。ロロネアでもすでにそうだったし、これから向かう予定のヴェーレでも同じだろうが、文明社会では何かと金が要るのだ。先立つものという言い方がある。金はいくらあっても困らない。ないと困る。とはいえまあなんとかなるんじゃないかな、くらいの見通しが立っていなかったら、そもそも手伝いますとか名乗りでたりしないわけで。仲間たちも意外と乗り気だったし、たぶんいっちゃえるだろ的な？　みんなそういう気持ちだったんじゃないかな？　まさかね？　こんな罠《わな》が待ち構えているとは思わないしね？

五十時間くらい走ったのではないか。いや、それはない。でも体感的には丸二日以上、それどころか、人の一生を駆け抜けたような？　てことはおれの人生、終わってない？

果ての光に向かってひた走り、飛びだすと、そこは緑一色の世界だった。

森なのか。樹木も地面も、苔《こけ》だか蔦《つた》だか知らないが、そんなようなものに覆われている。ひたすら緑色なのだ。ハルヒロは一瞬、呆然《ぼうぜん》としてしまったが、まだ体のあちこちに絡みついている細長い生き物がもぞもぞするたび、苦しかったり、ちくちくしたりする。くそ、くそ、くそ、と生き物を払いのけ、解《ほど》き捨てながら、仲間がちゃんとそろっているか、確認した。クザクは裂け目の出口のすぐそばで大の字になって、生き物に群がられている。大丈夫か。大丈夫じゃないか。ユメとメリイは互いに生き物を取りのけあっている。キイチを抱いてしゃがみこんでいるセトラの肩の上ではまだ、生き物が一匹這《は》い回っていた。ハルヒロが近づいていって、その生き物を引っつかみ、ぶん投げると、セトラはうつろな目で「……ああ。ありがとう。ハル。すきだ」と言った。なんか、ごめんなさい。

モモヒナはぜんぜん平気みたいだ。苔だか蔦だかだらけの木に登って、周囲を見まわしている。すごいよ、あの人。メンタル、どうなってんの……。

もっとも重症そうなのはシホルだった。あちこち打ったり擦りむいたり切ったりしているのはみんなと同じなのだが、シホルの場合、心にそれ以上の深手を負っていることだろう。背中に入ったとか言っていたし。服がはちゃめちゃなことになっている。たぶん服の中に入りこんだ生き物を排除するべく、自分で引き裂いたのだろう。ずたずただ。シホルはあられもない姿でうずくまり、がたがたがたがたと震えている。

ハルヒロは外套《がいとう》を脱いでシホルにかけた。何の反応もない。シホルの肉体はここにあるのだが、精神はどこか遠くへ行ってしまっているようだ。どうか帰ってきて欲しい。でも今すぐには無理かな。無理だろうな。そりゃそうだ……。

シホルのケアはユメやメリイに任せて、ハルヒロはクザクの救助にとりかかった。クザクには三十四以上の生き物がまとわりついていて難儀した。途中からはセトラが手を貸してくれた。「さっきのは忘れろ」とセトラに言われた。はい。なんか、すみません……。

全員どうにか動ける状態になると、モモヒナが木から下りてきてハルヒロたちを先導した。空以外は本当に緑だらけで方角も何もさっぱりわからないが、裂け目から遠ざかるほど竜の棲家《すみか》に近づくはずだ。おそらくは。

しばらく行くと、不気味なほど青々とした池があった。猛烈に怪しいので、迂回《うかい》してさらに進んだ。すると青々としすぎている川にぶちあたった。川だと思うが、流れているようには見えない。塗料で色をつけているのではないかという青さで、あからさまに変だし、これはきっと何かある。だが、渡らないと先には行けない。やむをえないか。

ハルヒロは申し出て皆を待たせ、一人先んじて青い川に歩み寄った。あと一歩、というところで川面《かわも》が波立ち、水中から何か青いものが這いだしてきた。ハルヒロはきゃあと叫びそうになったがこらえ、跳びすさりながらダガーを抜いた。すかさずモモヒナが「デルム・ヘル・エン・バルク・ゼル・アルヴーっ！」と爆発《ブラスト》の魔法でそいつを吹っ飛ばす。そ

れはいいのだが、ハルヒロはそいつの青い体液やら肉片やら何やらを全身に浴びる羽目になった。これが「あづぁづっ……!?」だった。全身から湯気が上がっている。というか、溶けてないこれ？　もしかして強酸的な何かじゃないの、これ？　しかも、川からどんどん青いやつが出てくるし。モモヒナが「退《ひ》けー、退くのだーっ、ドンビキせよーっ」とか言っている。その方針は正しいと思うが、おれはアヅァヅァヅなんだけど？　しかし黙ってアヅがっているわけにもいかない。ハルヒロはしゅうしゅう衣服や体を溶かされながら這々《ほうほう》の体《てい》で逃げた。ずいぶん逃げて青いやつらを振りきってから、メリイに光の奇跡《サクラメント》をかけてもらった。アヅかったわりに思ったより溶けていないが、服は穴だらけになってしまった。モモヒナが「うんっ、セクシーっ！　だね！」と親指を立てて励ましてくれたけれど、そんなのてんで慰めにならないっす……。

青い池だの川だのはやばそうだ。避けるしかない。でも、川を渡らないで竜のもとに辿《たど》りつけるのか。いろいろ調べて考えてみたのだが、どうも木に登り、枝を伝って、木から木へと進めないこともなさそうだ。秘境だけに巨木が多いし、ここの大きな木は幹だけではなく枝もかなり太い。樹木の表面を覆う苔だか蔦だかのせいで、枝と枝がくっついていたりもする。強度もおおよそ問題なさそうだ。

とはいえ樹上は樹上で困難が多かった。何しろ、場所によっては綱渡り同然だったり、跳び渡らないといけないポイントがあったりもする。さらに落ちたら下は青い川だったり

するのだから、スリル満点だ。それから、ややあって気づいたのだが、ここには猿みたいな生き物というかたぶん猿がけっこういて、頻繁に枝から枝へと跳びまわっている。その衝撃で枝が揺れるので、これも怖い。キャキャキャキャキャという鳴き声も耳障りだ。そんなことはないのかもしれないが、馬鹿にされているような気がする。

夕方に竜の影を目撃した。巣に帰ったのだろう。暗くなってきたので、樹上ではなく地上で休むことにした。ただ、モモヒナは「せっかくだからなー」ということで、木の上で寝たいらしい。好きにしてください。消耗が激しいクザクとシホルは一晩眠らせ、ハルヒロ、ユメ、メリイ、セトラとキイチで交代しつつ見張りをしようということになった。

最初はハルヒロが番をした。遠くで猿がキキキキキキキ鳴いている。猿だろうか。猿だと思う。たぶん。昼間はだいぶうるさかったが、夜も活発なのか。暗い。なんてものじゃない。ほぼ完璧な真っ暗闇だ。足音を忍ばせて何ものかが近づいてきたら、きっと気づけない。やばいな、これ。でも体力的に限界だった。こう暗いと、とても進めないし。明かりをつけるべきだろうか。それはそれで、ここに変なやつらがいますよと喧伝《けんでん》しているようなものだから、あまりよろしくないような。こういった心理的葛藤と闘いながら、精一杯警戒して、時が過ぎるのを待つ。今まで何度、そんな夜を越えてきただろう。慣れてはいても、きつい。きついが、幸いなことに時間は止まらない。どんなにゆっくりに感じても、確実に流れている。

ハルヒロは襟ぐりに手を突っこんで、平べったい物体をとりだした。チェーンをつけて、いつも首に下げている。やっぱり光っていない。いつからだろう。以前は下端の部分が緑色に光っていたので、おっかしいなあ、と思ってはいた。

ふとそれを振ってみた。耳許《みみもと》でさらに何度も振る。微《かす》かに中で音がするような？

「……ひょっとして、壊れてる？」

その直後、「ハル？」と呼びかけられたものだから、驚きがダブルパンチで襲ってきて心臓が破裂しかけた。ハルヒロは慌てふためいて受信石《レシーバー》を襟ぐりに突っこみながら、「あ、起きたんだ……？」と立ち上がりかけ、座りなおした。メリイが隣に腰を下ろした。

「次はわたしだから。寝て」

「……うん。そうだね。寝られるのかっていう問題はあるんだけど」

「わたしは意外と眠っちゃった。図太いんだと思う」

「や、疲れてるだろうし」

「それはわたしだけじゃない。とにかく寝て。横になるだけでも違うから」

「だね」と答えておきながら、なぜかハルヒロは動けなかった。

動きたくないのかな。どうなのだろう。メリイもうながさずに黙っている。身動きした拍子に、肩がメリイにあたった。こんなに近くにいたのか。びっくりした。動悸《どうき》がすごい。警戒、しなきゃ。そうだよ。警戒、警戒。

「……ハル」と小声で呼ばれた。

じっとしてるだけじゃ、だめなんだよな。

ハルヒロは思いきって体をメリイのほうに少し傾けた。メリイの肩に耳をあてるような恰好《かっこう》になった。よけられるんじゃないかと怖かった。そんなことはなかった。メリイはハルヒロの頭に頬ずりした。ああ、このままでいたい。もうこの姿勢で眠ってしまいたい。口に出して言ったわけでもないのに、まるでハルヒロの願いに同意を示すかのように、メリイがわずかにうなずいた。どうしてか、セトラに「ハル。すきだ」と言われたことを思いだし、胸が痛んだ。でも、好きだ、と思った。メリイ、おれはきみが好きだよ。これはちゃんと口に出して言ったほうがいい。きっと言うべきなんだ。言おうとした瞬間、樹上のモモヒナが「きえーっ！」と叫んだ。何事？　寝言？　違う。モモヒナは何かを樹上から投げ落としたようだ。落ちた付近に寝ていたクザクが「うへぇっ!?」と跳び起き、他の仲間たちも続々と起き上がった。モモヒナが叫ぶ。

「注意だよっ！　囲まれちゃってるかもーっ……！」

何かが襲いかかってくる。何なのかはわからない。暗いし。それでもハルヒロたちは懸命に応戦した。奇妙な相手だった。たぶん毛深い生き物だと思うのだが、声らしきものを一切出さず、嚙《か》みついてくるわけでも、爪を立ててくるわけでもない。ただぶつかってくる。その勢いも何というか、ドンッという感じではなくてモサッとした感じなのだ。体当

たりというより、おぶさってくる、みたいな？　それを躱《かわ》したり、投げ飛ばしたりするのは、じつのところそんなに難しくない。でも相手はあきめてくれない。次から次へと来る。とうとうモモヒナは堪忍袋の緒が切れたようだ。

「きにゃはぁーっ！　デルム・ヘル・エン・バルク・ゼル・アルヴ……っ！」

爆発《ブラスト》の魔法が炸裂《さくれつ》する。爆炎が相手の正体を曝《あば》いた。毛。毛だ。毛。毛としか言えない。毛の化物がそこにもあそこにも、そこらじゅうにいるではありませんか。

毛の化物は潮が引くようにいったん逃げ散ったが、しばらくするとふたたび襲ってきた。もう一度モモヒナが爆発《ブラスト》で追い払っても、そのうちまたやってきて、なんとも手に負えない。とっつかまえてダガーを突き立ててみたりもしたのだが、いくら刺しても毛の手応えしかなかった。切れた毛がうにょうにょ動いているのもおぞましい。

毛の化物は明るくなるまで何度も何度も押し寄せてきた。早朝、それが最後の襲撃だったのだが、毛の化物が逃げてゆく際、気づいたことがある。やつらは一体一体別々だと、少なくともハルヒロは思っていた。ところが、退散する毛の化物が他の毛の化物とくっついて、また別の毛の化物とくっつく、という現象を確認した。ついでに、地べたに散らばった一本の一本の毛も、うにょうにょしながら、互いに身を寄せあい、絡みあいつつ、ハルヒロたちから離れてゆく。……ということは？　どういうことなのか？　それについて頭をひねると、気味の悪い仮定が浮かんできそうだ。やめておこう。

毛のせいで、とくにハルヒロは一睡もできなかったが、こうなったらもうさっさと竜の巣に到着して卵を返還し、とっととこの場所を去るしかない。ハルヒロたちは先を急いだ。変にテンションが上がってくるほどつらいが、それがどうした。考えてもみるといい。つらくないことなんてある？　あるか。でも、わりと少なくない？　まったくつらくない時間のほうが、むしろめずらしいのではないか。それに、つらさにも種類がある。このつらさはなんとか大丈夫なヤツだ。切り抜けられるような気もしなくはない。

朝、三頭の竜が飛んでいった。ロロネアはどうなっているのか。今は考えまい。

午前中は、十メートル以上ある真っ白い蛇をユメが踏んでしまい、危うく丸のみされそうになったり、クザクが木から落ちて猿たちにキャキャキャキャキャキャキャキャ笑われたり、巨大なヤドカリみたいな生き物に追いかけ回されて軽く死にかけたり、シホルが卒倒したり、そのシホルを背負って歩いていたクザクがギックリ腰になってメリイに治療してもらったりしたくらいで、たいしたことは起こらなかった。

午後のほうが、一メートル以上ある巨大な蝶《ちょう》だか蛾《が》だかの大群に襲われたり、木に登ろうとしたらそれは緑色のゴキブリのような昆虫の集合体でとんでもないことになったり、逃げ惑っていたらハルヒロ、クザク、ユメが割れ目のような穴ぼこに落ちて、その穴ぼこに昆虫たちが傾《なだ》れこんできたものだからさあ大変、あのときほど昆虫風呂なんかよりちゃんとしたお風呂に入りたいと思ったことはなかったよハハハと笑い飛ばせる日は永遠に訪

れないだろうと思わざるをえないような事態に陥ったり、口から槍《やり》のような謎の物体を射出して樹上の猿たちを射止める獣を見かけてぞっとしたり、案の定、その獣に攻撃されて応戦する羽目になったりと、ろくなことがなかった。それでもちょいちょい休憩して、疲れ果ててしまわないように気をつけた。何せ旅慣れている。そのへんは抜かりがない。

日暮れ前、巣に帰る竜の姿を目にした。かなり大きく見えた。巣は近いということだ。非常に近いかどうかはわからないが、近づいてはいる。

また毛の化物が来そうだし、日が落ちてからもゆっくりと慎重に進んだ。むろんランプを点灯せざるをえない。覆いをつけてなるべく足許だけを照らすことにした。でもしばらくすると、ランプの明かりはいらなくなった。ものすごい数のホタルのように光る虫か何かが飛びまわりはじめたのだ。これ虫だよなと思いながらつかまえてみると、それは光ごとふっと消えてしまった。モモヒナは「怪奇現象だねぇー。けけけけっ」と笑ったが、クザクやシホルは本気でびびっている。無数に揺らめく青白い光が緑色の森をぼんやりと浮かび上がらせる光景は妖しく美しい。鳥肌が立つほど美しすぎて、何か恐ろしくもある。何かというか、この光は何だ。自然現象か。それとも、モモヒナが言うように怪奇現象なのか。人魂《ひとだま》的なモノ？　そんなことも考えてしまう。だって、光が集まって人の形みたいになったりしているし。人の形みたいな光のかたまりが、なんかさ、ついてきてない？　人の形みたいな光のかたまり、増えてない？　気のせい？　じゃないよね……？

「き、き、き、き、気色のいいも、も、も、も、ものじゃ、な、な、ない、な……」

セトラが怖がっているのは少々意外だった。怖いの、と訊《き》いたら、否定しそうではあるが、膝をがくがくさせているので、おっかながっているのだと思う。おかげで足許がおぼつかないらしく、セトラは何度もこけそうになった。「……危ないから」とメリイが支えようとすると、セトラは「よ、よ、よ、よよよ余計なお世話だ」と断った。その直後に転んでしまい、メリイに引っぱり起こされた。それからはもう、セトラはメリイの助けを拒まず、二人寄り添って歩くようになった。

ハルヒロたちが足を止めて休むと、光のかたまりも止まった。ハルヒロたちが進みだすと、光のかたまりはかならずついてきた。何なんでしょうか、あれ……。

夜が明けると、無数の光も、光のかたまりもいっぺんに、そんなものはもともとなかったのだと言わんばかりに、一瞬で消え失《う》せてしまった。ハルヒロたちは一様に驚愕《きようがく》というか、驚嘆した。

森が緑ではなくなっていた。橙色《だいだいいろ》だ。しかも、森は変わりつづけた。足を進めるごと、日が高くなって明るくなるごとに、木々も地面も、よく晴れた空以外はことごとく黄色に染まってゆく。本当に真っ黄色だ。こんなことってあるのか。昨夜の光の件もあるし、別の世界に迷いこんだような心地がする。というかおれたちひょっとして、いつの間にか死んじゃったりしてない？　別の世界というか、死後の世界だったりして？

黄色い木々の合間からやや緑色がかった黄色の、ようは黄緑色の山が見えてきて、そこから三頭の竜が次々と飛び立つところを目撃した。それで自分たちはまだちゃんと生きているのだと確信できた。

「……ていうか」

巣だ。あの黄緑色の山の上に竜の巣が。ここは山の中にあるカルデラ状の土地なのに、そこにまた山があるとは。しかも、黄緑色って。すごくきれいではあるけど。あらためて秘境だ。それだけに、まだ何があるかわかったものじゃない。きっとある。さらにとんでもないことがあるに決まっている。ないわけがない。変だ。おかしい。

行けども行けども何も起こらない。なんと午《ひる》ごろには黄緑山の麓に到着してしまった。黄緑色の山なので、黄緑山。目測で標高は四百メートルほどだろうか。小さな山だ。傾斜はそこまで急ではない。このくらいの山なら二時間程度で登れるだろう。アクシデントに見舞われなければ。まだ午だから、夕方までには登頂して帰ってこられる。竜が戻ってきて巣で鉢合わせ、ということにはならないはずだ。ならないといいな……。

安全を期してここで一泊し、明朝、竜が飛び去ってから山頂を目指すという案も検討した。しかし、一日延ばせばそのぶん被害が増えるだろう。卵を巣に返しても竜は破壊をやめないかもしれないが、そのときはまあそのときだ。ここまで来てしまったわけだし、自分たちにできることを可及的速やかにやる。それしかない。

黄緑山登山は快調に進んだ。高いところから見晴るかすと、絶景としか言いようがない。ここ黄緑山を中心に、まるで満開の花畑のような黄色い森が広がり、その外側を嘘《うそ》みたいに鮮やかな緑色の森が取り囲んでいる。ルナルカはこの地全体を竜の巣と称しているようだ。こんな神秘的なまでにすばらしい眺めを拝めただけで、ここに来た甲斐《かい》はあった。もっとも、二度と訪れたくはないし、用事を済ませて早く帰りたい。だから急いだというわけではなく、登りやすい山だったので、予想の半分くらいの時間で頂上に辿《たど》りついてしまい、巣もすぐに見つかった。正確には、巣穴の出入口、と言うべきかもしれない。

それは黄緑山の頂に口を開けていた。竜が出入りするだけあって、直径四十メートルほどはあるだろう。ややいびつな円い縦穴だ。のぞきこむと、ずっと下のほうに底らしきものが見える。はっきりとは見えない。かなり深そうだ。百メール以上はゆうにある。

ここからは下りられない。絶壁どころか、傾斜角が垂直以上の箇所もありそうだ。ここから穴の底に到達するには落下するしかない。むろん、そんなことをしたら死ぬ。

シホルがへたりこんで、「……どう、……すれば……」と消え入りそうな声で言った。クザクは腕組みをして「んー……」と唸《うな》っている。セトラは一つ息をついて、頭を振った。その足許でキイチが目をしばたたかせている。難しい顔をしているメリイに見入ってしまいそうになり、ハルヒロは慌てて目をそらした。ユメはモモヒナと肩を並べて穴の縁にしゃがみ、底を見下ろしている。

「別にあるんだ」

ハルヒロはそう言葉にしてから、うなずいた。ないわけがない。絶対、あるはずだ。

「見落としてる。ていうかそもそも、探してなかった。山の斜面のどこかに、巣に通じる横穴がある。あとはそれを見つけるだけでいい」

その横穴を安全に通り抜けられるという保証はないし、帰り道も一苦労どころか、帰ることを考えたくないほどやばい。でも、あえてそのあたりはぜんぶ無視する。一つ一つ乗り越え、一歩ずつ進むのだ。今までもそうしてきた。やってやる。

手分けしたいが、何組かに分かれても連絡をとりあう手段がないから、はぐれてしまう危険がある。基本的には全員一緒に行動し、お互いに見失わない範囲でなるべく広がって横穴を捜索するしかない。こんなこぢんまりとした山でも、しらみつぶしに探すとなると途方もなく時間がかかる。ある程度は目星をつけたいところだ。巣穴の底まで百メートル以上あるとして、そこに通じているはずの横穴はそう高い場所にはないだろう。裾野というのもちょっと考えづらい。まずは中腹あたりを重点的に攻める。こういうとき、頼りになるのは人間より灰色ニャアのキイチだ。キイチだけは自由に行動させて、何かそれらしいものを見つけたら教えてもらうことにした。

段取りをつけ、さあとりかかろうと山頂から下りようとしたら、ピギャアアアァァというような少しかわいらしい、だがけっこう大きな鳴き声めいた音が響き渡った。

ハルヒロは巣穴のほうに目を向けた。見たくなかったが、見ないわけにもいかないし、見てしまった。

ばっさばっさと翼を羽ばたかせて、そいつは巣穴から姿を現した。いろいろな意味で、嘘だろ、というのが率直な感想だった。なんでいるの？　三頭、飛んでったよ？　まあ、竜が複数いることは知られていても、正確に何頭いるかは誰も把握していなかった。じつは四頭いた、というだけのことではある。というか、小さい。翼を一杯に広げても、四、五メートルしかないのではないか。いや、それでも大きくはあるのだが、何度もロロネアを襲っている竜たちと比較したら、ちっさっ、と思わずにいられない。なんか頭とか妙にでっかく見えるし。体つきが子供っぽいというか。飛び方もなんとなくぎこちない。やたらと一生懸命羽ばたいているわりに、上昇速度が遅いし。そうはいっても、全身エメラルドな小さめ竜は、もう二、三十メートルの高みからハルヒロたちを見下ろしている。

「ああっ、……ああぁっ、……ああああああぁぁぁぁぁぁ……!?」と今ごろになってクザクが叫び、「……ハルヒロくん!?」、「ハル!?」、「ハル……！」、「ハルくん!?」と立てつづけに仲間たちがハルヒロの名を呼んだ。いや、おれに訊かれても。モモヒナに指示を仰ぎたくなったが、ハルヒロにもリーダーとしての矜持《きょうじ》というものがある。ないか。あまりない。でも、リーダーなのは厳然たる事実だ。どうする。どうするっていうか。小さいとはいえ竜だし。飛んでるし。というか、戦って、よしんば勝ったとしても、どうでしょう。

あれはきっと若い竜だ。竜たちの怒りを静めるべく卵を返しにきておいて若い竜を殺すのは完全にだめだろう。選択肢はない。一つしか。

「逃げろ……！　ばらばらに……！」

一斉に黄緑山を駆け下りる。ばらばらに、とは言ったが、ハルヒロはシホルの後ろについた。あとのみんなは大丈夫だ。たぶん。振り返ると、若竜がピッギャァアアアアァァァァァァと大鳴きした。襲いかかってはこない。若竜はさっきとほぼ同じ場所にいる。足をゆるめたくなるが、いやいや。若竜はさらに、ピギャァアアァァァ、ピッギャアァァァァァと鳴く。鳴きまくる。あの声はそうとう遠くまで届くだろう。ひょっとして？　もしかしたら、呼んでいるのではないか。三頭の竜たちを呼び戻そうとしているのかもしれない。仮にそうだとしたら、竜たちはここまでどれくらいで飛んでくるだろう。

登りよりは断然、下りるほうが速い。ハルヒロとシホルは最後尾だったが、それでもおそらく一時間とかからず下山できた。

若竜はまだしきりとピギャアアピギャアア鳴いている。

黄色い森に飛びこむ寸前、南のほうから飛んでくる竜の姿が見えた。森に入ると木々が視界を遮って確認できなくなってしまったし、点のように小さかったが、あれは竜だったと思う。どこかに身を潜めたほうがいいのか。あるいは、もっともっと逃げるべきなのか。決断しないと。どっちがいいのか。しかし、隠れるといっても適当な場所が都合よくそこ

らにあるわけではない。逃げつづけるにしても全員、息が上がっている。にっちもさっちもいかないとはこのことだ。

あげくの果てに、ギョオオオオオオオオオオオオオオォォォォォォォォンという咆吼《ほうこう》をあげながら一頭の竜がハルヒロたちのすぐ上を飛びすぎていった。すぐ上といっても実際は樹木の上だったのだが、頭すれすれのところをかすめて飛んでいったように感じた。誰かが「来る！」と叫んだ。足がすくんだのか、シホルが立ちつくしている。ハルヒロはシホルを抱えるようにして走った。走って、でも、どうなるのか。来る。もう一度。今度は本当に。逆方向、後ろのほうからだ。たぶん、方向転換したのち、急降下したのだろう。ハルヒロはシホルを斜め前方に突き飛ばして振り向いた。迫っていると思ってはいたが、ここまでとは。至近距離じゃないか。竜が樹木を薙《な》ぎ倒して着地しようとしている。目と鼻の先だ。土煙が巻き上がり、吹っ飛ばされる。ハルヒロは一回転、二回転して、まずい、踏まれる、と思ったことは覚えているが、何がどうしてそうなったのかはわからない。とにかくハルヒロは竜にしがみついていた。どうやら後脚のようだ。右脚か。竜はアギョオオオオオオオォォォォンと吼《ほ》えて暴れている。このままだとすぐに振り落とされてしまう。竜にしがみついていたいわけでは決してないが、落ちたらきっと一秒で死ねる。ハルヒロはとっさに左手で剣身が炎みたいになっている短剣を抜いて、磨かれた鉱物のような竜の鱗《うろこ》に突き刺した。並の剣なら刺さらなかったかもしれない。炎の短

剣は並ではなかった。すっと深く刺さった。しかも、抜けない。竜はまだ地団駄を踏んだり跳ねたりしている。ハルヒロは左手でしっかりと炎の短剣の柄《つか》を握りしめ、さらに右手でダガーを抜いた。このダガーもドワーフ穴産の業物だ。いける。はずだ。突き立てる。よし。刺さった。そのときだった。

うっ、わっ。

脚をたわめて、なんていうかこう、大きく跳躍する直前の動作みたいな、――もしかして、飛ぼうとしてない？

手を放したほうがいいのか。そう思ったときには遅かった。

竜が跳び上がってすぐ、浮揚する感覚があった。速い。速いってば。あっという間だ。もう空中にいる。木よりずっと高い。さすがにあの若竜とは違う。翼を羽ばたかせて上昇する力が半端ではない。

「わあああああああああああああああああああああああぁぁぁぁぁぁぁ……」

ハルヒロは我知らず絶叫していた。

仲間たちの姿を捜そうという考えが頭をよぎったりもしたが、ちょっと無理かも。

空の上だし。

飛んじゃってるし。

きっとすでに百メートル以上？　もっとかな……？

どうやら竜は、飛んでいる間、両脚を少し曲げた状態で固定するようだ。飛行中、変に動かすと、バランスが崩れてしまうのかもしれない。おかげで、炎の短剣とダガーの柄をがっちり握っていれば、落ちることはなさそうだ。そう。握っている間は。でも、これがなかなか大変だったりする。

炎の短剣とダガーを竜鱗にぶっ刺した段階で、ハルヒロは竜の脚にとりすがるのをやめていた。そもそも、人間なんかの脚と違って、この竜の脚は大木のように太いから、そんなに長くしがみついていられるようなものではない。従って、炎の短剣とダガーを握りしめている左右の手だけが頼りだ。ハルヒロはほとんど全身で風を感じている。風圧がすさまじい。飛ばされるって、マジで。なんでまだ飛ばされてないのか不思議なくらいだって。なんでも何も、飛ばされたら終わりだから、死にものぐるいなんだけど。

高い。高いよ。今、高度何百メートルだよ。千メートル？　それ以上？　すごいよ。エメラルド島の全景が見渡せてしまえる。他の島だって見える。怖いとかそういう次元の話じゃない。とはいえ、怖いことは怖い。両手の握力はいつまでもつのか。定かじゃない。

竜が翼を動かすたびに体が振り動かされる。体感的には全身がめちゃくちゃに引き裂かれているかのようだ。肉体どころか存在ごとかき乱される。

やがて竜が降下したり、上昇したりしはじめた。もう無理。ほんと無理だから。自分を奮い立たせる余裕なんてない。もう無理もう限界と泣きわめきながら、耐えるしかない。

竜がぐるんっ、ぐるんっと横回転、縦回転しだしたときは、殺す気か、いいかげんにしろ、頼むから、もうやめて、と訴えつつ、やっぱり耐えるしかなかった。一回、左手が炎の短剣の柄を放してしまい、終わった、と観念した。これは終わりだわ。絶対、終わるヤツだわ。ところが、そのあと竜が回転した際、体が大きく振られた。その拍子に左手をのばしたら、炎の短剣の柄に届いた。ちょっとだけほっとして、同時にうんざりした。まだ終わらないのか。終わるなら終わってもよかった。そのほうが楽だった。もういやだ。仲間たちのことが脳裏をよぎっても、まだがんばろう、とは思えなかった。じゃあ、どうして紙一重のところで踏んばっているのか。もういいんじゃないの？　やれるだけのことはやったよ。できすぎなくらいだよ。ここで終わったとしても悔いはない。本当に？

考えるのは、やめた。というか、何も考えられなくなった。

声は、わあああ、とか、おおおお、とか、ぐひいいい、とか、ときどき勝手に出た。何度か右手、もしくは左手が剣の柄から離れてしまった。どうやって立てなおしたのか。わからない。だが、気がつくと両方の手が剣の柄をつかんでいた。

海がきれいだ。

なんて青い。

いつしか海上に出ていた。

竜は翼を広げたまま、少し体を斜めに傾けて、ゆったりと旋回している。

徐々に降下しているようだ。

あれは——、
町？

島に町は一つしかない。竜は海からロロネアへと向かっている。

破壊された桟橋や埠頭《ふとう》の上を飛び抜けた。倉庫街はほとんど跡形もない。この先は商業区だ。そこも被害が大きく、市場だった場所には瓦礫《がれき》や廃材しかない。

竜が翼を羽ばたかせる。一気に速度が落ちて、ハルヒロの体が煽《あお》られた。剣の柄から手を放しそうになったというか、放してしまいたくなったが、どうしてか離れなかった。自分の指が、手が、腕が、どこもかしこも、言うことを聞いてくれない。

着地の衝撃もひどかった。全身がこれ以上ないほど激しく揺さぶられて、頭がもげるんじゃないかと思った。

ハルヒロは今、竜の右脚に突き立てた炎の短剣とダガーの柄をそれぞれ右手と左手でつかみ、ぶら下がっている。自分自身の状態は認識しているが、実感が湧かない。感覚。そう。感覚がないのだ。冷たい。体中が。凍りついているかのようだ。

竜が微《かす》かに身じろぎして、ウォ、というような低い声を発した。何か言っているらしいということはわかった。ハルヒロはうなずいて、何度か深呼吸をした。そのうち体温らしきものが戻ってきた。動く。指が。手が。腕が。脚も。動かせる。

「……待ってて」

ハルヒロは竜の脚に両足をつけ、思いきり力をこめて炎の短剣とダガーを引き抜いた。あれだけ抜けなかったのに、ちゃんと抜けてくれた。ハルヒロは炎の短剣とダガーごと地面に落ちて、一応受け身をとろうとしたのだが、そんなにうまくはいかなったし、あちこち打って痛かった。でも、生きている。……のか？　おれ、本当に生きてるのかな？　どうも確信が持てない。あたりを見まわす。たぶんロロネアの市場だった場所だ。ここには数十、それ以上の屋台や露店が密集していたはずで、それらの残骸が散乱している。なんでこんなところに？　さっきまで竜の巣にいたのに。変だな。おかしい。

ハルヒロは起き上がった。どこもかしこも痛い。足を引きずって、よろよろと歩く。

ふと振り返ると、竜が首を下げてこっちを見ていた。でっかいなあ、まったく。竜は口を閉じている。鼻腔《びこう》が呼吸にあわせて広がったり縮まったりし、そのわずかな動きにあわせてエメラルドの鱗がきらきらと輝く。黄色い瞳は鱗よりずっとすごい。光そのものだ。こんな生き物がいるなんて。ハルヒロは胸を打たれた。畏敬の念とでも言えばいいのか。だめだって。絶対。こういうさ。こんなとてつもない生き物をさ。怒らせるようなこと、しちゃだめなんだよ。

ハルヒロはバッグから卵をとりだすと、あとずさり、ひざまずいて、それを地面にそっと置いた。

「……ごめん。これを、返したくて。おれたち、返しに行ったんだ」

竜はほんの少しだけ首をかしげて、まばたきをした。何をどう感じているのか。何を考えているのか。さっぱりわからない。でも、人間とは感受性も思考形態もまるで違うだろうが、竜なりに何かを感じているし、考えてもいるはずだ。

竜が首を伸ばす。これは食べられてしまう流れかな？　そうなったら、もうしょうがない。この距離だ。逃げられない。ハルヒロが生きるも死ぬも竜次第だ。自分ではどうにもできないことはある。ハルヒロは息を止めてじっとしていた。

竜は上顎と下顎の先で、卵を挟んだ。

首をもたげる。

卵をくわえたまま、オゥ、ウォ、オオゥ、と低い声を漏らした。

ハルヒロは立ち上がった。竜が二度、三度と羽ばたいて、跳び上がる。風圧に押され、ハルヒロは尻餅をついた。そのまま竜を見上げた。竜はぐんぐん高度を上げてゆく。ハルヒロは後ろに体を倒して仰向《あおむ》けになった。竜は一度、ロロネアの上空を一回りしてから遠ざかっていった。そして、ついに見えなくなった。ハルヒロは呟《つぶや》いた。

「……疲れた」

17. 錨を上げよ

あれ以来、ロロネアは竜に襲われていない。モモヒナとクザクたちは四日後に帰ってきた。仲間たちはハルヒロの無事を願ってくれてはいただろうが、生きているとは思えなかったに違いない。みんな大喜びしてハルヒロをもみくちゃにした。ずいぶん泣かれてしまった。ハルヒロも涙腺がゆるんだ。

ロロネアの復興はとんでもない速度で進んでいる。じつはハルヒロらが竜の巣に行っている間に桟橋と埠頭が全滅の憂き目に遭っていたのだが、クザクたちが戻ってくるころには仮の桟橋が二本、曲がりなりにも使える態勢になっていた。その前から艀《はしけ》を駆使した船による輸送は再開されていて、少しずつではあるもののロロネアに物資が入りはじめている。死者は弔われ、建物もあちこちで再建されつつあった。

仲間たちと再会した日の翌朝、一行は仮の一番桟橋からギンジーが船長を務めるマンティス号に乗りこんだ。他にも出港しようとしている船は何隻もあるが、すでに荷物の積み卸しや船員の乗船といった準備はおおかた終わっている。それにもかかわらず、仮一番桟橋だけでなく隣の仮二番桟橋も、というか港全体が人、人、人であふれかえっていた。

「ロロネアの英雄！」

「ドラゴンライダー！」

「よっ、大金持ち！」

「ちっとは散財してけっての、けちんぼ！」

「うまいことやりやがったな！　まあまあ偉いぞ！」

「ハルヒロー ッ！　おめえらのことは二度と忘れねえ！　絶対、帰ってくんな！」

「また遊びに来てね、この英雄野郎！」

「来なくていいぞ、くそったれ！　ありがとな、ドラゴンライダー！」

種族を問わず老いも若きも男も女も、口々に勝手なことを叫びながら、拳を振り上げたり飛び跳ねたりしている。舷縁《ふなべり》から彼らの姿を眺めていても、自分のことを言われているとはまるで思えない。クザクに肩を小突かれた。

「手、振ってやったら？」

何をにやにやしてるんだよと思いながら、ハルヒロは半分やけくそで手を振ってみた。途端に人々がものすごい勢いでウオオオォォォォォォォーッと沸いたが、どうなんだろ、これ。他人事のようで、照れくさいという感じすらあまりない。

「まあ、事実、おまえは連中を救ったんだ。英雄の名に値するんじゃないか」

セトラはいやにもっともらしい顔をしている。キイチがセトラの足許《あしもと》で、にゃおう、と鳴いた。英雄ねえ。ハルヒロが頭を掻《か》いていると、セトラは「……ドラゴンライダー」と小声で言って、ぷっと噴きだした。

「……笑ってるし」

「だって、ハルは竜に乗ったわけじゃないんだろう」

そうなのだ。ハルヒロは竜に乗ってなどいない。何かの拍子にからまったゴミクズのように竜にくっついて、竜の巣からロロネアまで飛んできただけだ。なんでも、どこにいたってどうせ危ないわけだからとロロネア市街に留《とど》まっていた者がいくらかいて、ハルヒロが竜に卵を返す場面を偶然目撃したらしい。もっとも、ハルヒロがどうやって竜に運ばれてきたかまでは、おそらく誰も見ていなかった。それで、話に尾ひれがついたり、ゆがめられたり、膨らんだりして、竜の背に乗ってきたことになってしまい、つけられた渾名《あだな》がドラゴンライダー。これはそうとうこっぱずかしい。

「ゴブリンスレイヤーが、ドラゴンライダーに……」

シホルがくすくす笑っている。

「ちょっと。シホルまで」

「……ごめんなさい。だけど、語り草になるのは、避けられないんじゃないかな……」

「英雄だしな？」

セトラは今にもまた噴きだしそうだ。何が英雄なものか。勘弁して欲しい。

「いや、だけど、がっつり儲《もう》かったしさ」と、クザクは肩に掛けている妙に立派な鞄《かばん》を叩《たた》いてみせる。「ハルヒロのおかげだし。俺らにとってもマジで英雄だよ」

鞄の中身は白金貨だ。一枚で金貨十枚分の値打ちがある。金貨はともかく白金貨となると、大商いをする商人や財産持ちの大富豪以外は、まずお目にかかれない。

竜の卵の価値が金貨五千枚、というのは与太話だとしても、この大仕事には金貨千枚の値打ちはあるはずだ。卵を返しに行く前、そうジャンカルロに吹っかけてみたら、ふざけるんじゃねえと撥《は》ねつけられたが、交渉の結果、金貨五百枚という線で落ちついた。五百ゴールド。それでも目がくらむような大金だ。ちなみに、クザクに持たせている鞄には、三十グラムもある白金貨が百枚入っている。つまり、千ゴールドだ。

ジャンカルロは仮の一番桟橋からぼんやりとマンティス号を見上げている。連日の激務のせいだろう。かなり眠そうだ。

ロロネアの人々がハルヒロの偉業について語る際、K&K海賊商会がその働きに金貨千枚で報いたという話がついて回る。これはジャンカルロと、今、彼の隣で軽く片手を挙げてみせたジミーが積極的に広めたらしい。さすがK&K海賊商会は太っ腹だと感心する者もいれば、そんな金があるなら俺によこせと理不尽にキレる者もいるだろう。なんにせよ、風采の上がらない一介の冒険家、いや義勇兵なのだが、ともあれ、どこの馬の骨だかわからない男が、あれよあれよという間に金貨千枚を手にした。言ってみればこれはロロネアン・ドリームだ。金貨五百枚より千枚のほうが倍以上のインパクトがあると考え、ジャンカルロとジミーは報酬を奮発したのだろう。実際、ロロネアはフィーバーしている。

少なくとも現在のところ、この熱狂はロロネアの復興を後押ししているようだ。偽りの伝説を背負わされたハルヒロにとっては迷惑きわまりない話だが、千ゴールドは非常に大きい。日常的に使う銀貨に換算すると、十万枚。銅貨なら一千万枚だ。途方もない。

「でも、よかった」

メリイは少し目を細めてどこか遠くに視線を向けている。微笑《ほほえ》んでいるメリイの口許を見て、まあよかったんだろうなと、ハルヒロも素直に認めることができた。いろいろあったが、これで先に進める。ギンジーが気どって「帆を張れぇい……！」と号令を下すと、マンティス号の帆が張られた。続いて「錨《いかり》を上げぇい……！」の合図とともに、乗員たちが錨を上げようとしている。桟橋に詰めよせた人々が、脱いだ上着だの手拭いだのを頭上でぐるぐる回しながら、ヨーホーヨーホーと騒ぎはじめた。

「……あれ？」

ハルヒロは周囲を見まわした。クザクに「え？　どうかしたの？」と訊《き》かれて、あ、うん、と曖昧にうなずき、あっちこっちに目をやる。あれあれあれ……？

「はっ……」とシホルが息をのみ、メリイは「ちょっ……」と舷縁から身をのりだした。

「ん？」セトラも舷縁に手をかけた。「あ……」

キイチが舷縁に跳び乗って、にゃおぅ、と鳴いた。

マンティス号はもう動きだしている。

ハルヒロはメリイとセトラの間に割りこんで、仮の一番桟橋を食い入るように見た。

ジャンカルロがいて、ジミーがいる。それから、付け髭《ひげ》をつけたモモヒナが何やら厳《いか》めしい面持ちで腕組みをしている。そして、その傍らでユメが布きれを振りまわし、ヨーホーヨーホー叫んでいる。

「やっ、ヨーホーじゃなくて、――えっ、なんで!?　ユメ!?　いつから……」

「さっきまでは、一緒にいた、……ような……?」とメリイが自信なげに言った。

「おい、何のつもりだ!」

セトラが怒鳴ると、ユメはなぜか満面に笑みをたたえた。

「あぁー!　あのなあ!　ユメなあ!　モモヒナちゃんにお稽古つけてもらってなあ、カンフリャーになることにしたからなあ!」

「どうして……!?」とシホルが声を裏返らせて尋ねた。そうだよ。どうしてだよ。いきなりだし。ぜんぜん意味がわからないんだけど。びっくりしすぎているせいなのか、シホルは泣きそうだし。

「なんかなあ!　なかなか言いだせなくてなあ……!」

ユメも涙声になった。ハルヒロは胸が詰まって、はっとした。

もともとユメはちょっと、よくわからないところがある。一言でいえば、天然、という

ことになるのかもしれない。他人に迎合しがちで、とかく空気を読み、妥協して、相手に伝わりやすいような言葉ばかり選ぼうとするハルヒロのような俗物、凡人とは違う。ユメはユメなりの思いや感情を、独特のやり方で表現する。だから正直なところ、ハルヒロはときどき、ユメの気持ちや考えを充分には理解できない。

そういうものだと思っていた。べつにわからなくてもいい。大丈夫だろう。今までずっとこんな感じでやってきて、みんなユメはユメのことが好きだし、いつまでもそのままのユメでいて欲しい。何も言わなくても、ユメはユメのまま、当然のように一緒にいてくれる。そう信じて疑わなかった。本当はユメなりに悩んでいたり、何か希望があったり、秘めた野心のようなものだってあったりするかもしれないのに、そんなことは考えもしなかった。

「みんな、ごめんなあ！　ユメ、強くなりたくてなあ！　もっと、もっと強くなりたいって、思っててなあ！　モモヒナちゃんなら、ユメのこと強くしてくれそうやしなあ！　半年したら、オルタナで会お！　そのときはユメ、めっさ強くなってるからなあ……！」

そういえばロロネアに来た日、ユメがモモヒナに、自分はもっと強くなれるだろうかと訊いていたような。ユメは筋がいいので、三、四ヶ月も練習すればガチのカンフリャーだかになれるとモモヒナが答えていたような。だけどそんな、強くなりたいなんて。――馬鹿げているとか、強くなんかならなくてもいいとか、ハルヒロには言えなかった。ユメが望んで、選んだことなのだ。たしかに突拍子もないけれど、それだけにユメらしい。

「半年……！」

ハルヒロは鼻を啜《すす》った。笑顔を作る。一つ息をついた。

「おれたち、待ってるから！　半年後、オルタナで……！」

「うんっ！」

力一杯うなずいたユメの背中を、モモヒナが叩いた。

「このあたしに、どーんと任せろーっ！　あたしがゆめゆめを、りっぱっぱなガチのカンフリャーに育ててやんよーっ！　のだーっ……！」

「……マジかよぉ……」

クザクはへたりこんでうなだれた。シホルは何も言えないようで、ひたすら手を振っている。セトラとキイチは呆《あき》れているのか。メリイがシホルの肩を抱いた。

マンティス号は速度を上げようとしている。

かくて伝説は生まれ、幾年月、勝手に語り継がれるのだろう。

あとがき

どうでしたか。『灰と幻想のグリムガル』12巻。

予告どおり、明るく楽しい、ほんわかした冒険物語だったのではないかと思います。

グリムガルに限らないのですが、僕は小説を書くとき、何があって誰がどうしてどうなるといったようなことを、前もって細々とは決めないことが多いです。

あくまで、そういう場合が多いという話で、事細かに決めてから書きはじめることもあります。しかし、そうすると、なかなかうまくゆかないのです。書き進めることはできるのですが、いまいち気分が乗らず、楽しく執筆するためにいろいろと工夫を凝らさなければなりません。

小説はどう書いてもいい、自由だから大好きなのですが、僕は一つだけ決まりを作っています。

僕は自分の小説を読んだ人たちに、何より楽しんで欲しい。書いていて楽しくない小説はきっとつまらないだろうから、僕は書くことを楽しもう。書いていておもしろくない原稿は世に出さない。

どうも楽しくないな、と感じたら、僕は書く手を止めることにしています。

書いている最中はわからないこともあって、知らずに楽しんでいるふりをしてしまったり、時間に追われ、とにかく書かなければと楽しむことを忘れたりもします。読み返して、ここは楽しんでいなかったなと思えば、すぐに削除します。

こうなってこうなり、そしてこんなふうになる、とくわしく決めてから書くと、楽しめないことが多い。かといって、何一つ定まっていないと、物語がどこへ向かうか見当もつかず、書きはじめることすらままなりません。

このくらい決めておけばなんとかなる、ということは、経験上、だいたいわかっています。ただ、もっとあれこれ決めたほうが複雑な物語を構築できるんじゃないかとか、あらかじめ決めておくことを一つ二つ減らしてみたらどうなるだろうとか、思いついて試してみるのです。

12巻では前半というか三分の一くらいまで要点を定めて、その後は流れに任せました。次はどうしよう。案はいくつかあります。どれを選ぼうか。今から楽しみです。

それでは、担当編集者の原田さんと白井《しらい》鋭利《えいり》さん、KOMEWORKSのデザイナーさん、その他、本書の制作、販売に関わった方々、そして今、本書を手にとってくださっている皆様に心からの感謝と胸一杯の愛をこめて、今日のところは筆をおきます。またお会いできたら嬉《うれ》しいです。

十文字《じゅうもんじ》　青《あお》

OVERLAP

灰と幻想のグリムガル level.12
それはある島と竜を巡る伝説の始まり

発　行　2018年3月25日　初版第一刷発行

著　者　十文字 青
発 行 者　永田勝治
発 行 所　株式会社オーバーラップ
〒150-0013　東京都渋谷区恵比寿1-23-13
校正・DTP　株式会社鷗来堂
印刷・製本　大日本印刷株式会社

Printed in Japan ISBN 978-4-86554-283-7 C0193

CW01302428
『大迷宮』のルーツが明かされる
外伝、始動!!
ありふれた職業で
ARIFURETA SHOKUGYOU DE SEKAISAIKYOU
ZERO
世界最強零
[――これは、
“ハジメ”に至る零の系譜]
“負け犬”の錬成師オスカー・オルクスはある日、神に抗う旅をしているというミレディ・ライセンと出会う。旅の誘いを断るオスカーだったが、予期せぬ事件が発生し……!? これは“ハジメ”に至る零の系譜。『ありふれた職業で世界最強』外伝がここに幕を開ける!
著 白米 良 イラスト たかやKi
シリーズ好評発売中!!